宇宙里的爸爸

COSMIC
It's One Giant Leap for All Boy-kind

〔英〕弗兰克·博伊斯 著
（Frank Boyce）

〔英〕史蒂文·伦顿 绘
（Steven Lenton）

徐羚婷 译

天津出版传媒集团

天津人民出版社

果麦文化 出品

这是一本关于爸妈会哪些神奇魔法的书，
我把它献给我的爸爸妈妈。

目录

昨天，一枚在中国北部某私人发射场发射升空的火箭忽然失踪。网上流言纷飞，都说这是一次秘密的载人航天任务。美俄两国的宇航局均表示当天确有火箭升空，但火箭并非任何一方所有。该枚火箭在进入高位轨道后便消失在外太空之中。而在1972年登月的"阿波罗17号"之后，还没有任何载人火箭离开过地球的轨道。

我并不在湖区

爸爸，妈妈，如果你们正在听我的留言，就应该明白了吧？我之前告诉你们，说要和同学一起去湖区的户外活动中心……

老实说，我现在并不在湖区，说在太空还差不多。

我正坐在"无限可能"号火箭上，距离地球表面大概有三十万公里，但我感觉……还行。

我知道，自己该对有些事情做点解释——这正是我在做的事，那我开始讲了。

我在年龄问题上不太诚实。

别人可能以为我有三十来岁，可我明明只有十三岁，而且还得再过一个生日才算正式够。

其实，在年龄这件事情上每个人都不诚实。大人装嫩，小孩装成熟。小孩想要变成大人，大人想要变回小孩。

然而，装成熟也没那么难，不是吗？别人看我长得高，就觉得我老成，可我还小呢。在圣女贞德小学，老师们似乎觉得身高和年龄是一码事。他们认为，要是你长得比别人高，就一定也大几岁。长得高的人要是犯了错，哪怕他是第一天上学，也会被老师骂："你人高马大的，应该更懂事的呀。"

那我就要问了，为什么啊？人高马大的同学凭什么就得比别人更懂事？金刚可是个大块头，要是它开学报到那天要上厕所，没人给它指出来的话，它能知道路吗？不能，我是这么认为的。

话说回来，"无限可能"号在几个小时以前应该完成一项规定操作，结果却搞砸了。火箭偏离了轨道，通信设备都坏掉了，我现在在宇宙里不知道该怎么办！

我身上带了手机，因为里面存着家里的照片。它还有语音日志的功能，我现在就在对着它说话，这样就不会感到那么孤单了。你们要是没收到我的留言，就不会知道我要说什么，毕竟我们在执行机密任务，据说万一出了岔子，整桩事儿就黄了，火箭上的五个人也会遭殃。现在大家都在睡觉呢。

顺便说一句，你们能相信吗？我们乘坐的火箭失控了，正在无助地旋转着进入太空深处，可别人都在干吗？

睡觉。

我们在操作上出了点小差错，就是这个差错把我们害了，这下全完蛋了。他们哎呀呀地叫了快一个小时，然后就打起了盹儿。

只有我睡不着。睡袋太小了，躺进去不舒服，而且不睡觉还能想想救人的办法，于是我就在德拉克斯手机上开始录音。假如能回家，我会把手机给你们看，告诉你们我是怎么去太空的。毕竟，我本来是要去湖区的池塘捞鱼的呀。

如果对面的听众不是爸爸和妈妈，而是长着尖头、九十条腿，而且脚上还有吸盘的外星人，那就让我打个招呼吧："哈啰，我为和平而来。贵星球要是能提供技术支持，也不嫌麻烦的话，请把这只手机寄给迪格比夫妇，地址是：银河系，太阳系，地球，英国，利物浦市，布特尔镇，格莱纳姆巷23号。"

全完蛋了

在这个节骨眼儿上，我的心情倒还不错。这可不太好，毕竟我们死定了，要大事不好了！但失重的感觉还真棒，身子往前一倾，便能漂亮地翻一个跟头，把胳膊伸开还能飘在空中。我在地球上最擅长的无非数学和身高，但在太空里，我有好多本领，简直就是超能战士。

天上还有星星呢。

我在地球的家紧挨着新海滨购物中心。购物中心有好几层楼，遮住了一大片天，因此，我唯一能真正观测到的几颗星星就只有夜光挂件上的那些。这个挂件叫作"把太阳系带回家"，是我九岁时收到的礼物。每次我从下面走过，头发都会被缠住，所以才注意到它。这东西真不适合送给长得比较高的人。

眼下我在太空里，从这儿观测就很不一样了：大片的星星打着旋挤在一起，亮得刺眼，仿佛是史上最大的烟花表演，除了它们暂停的时候——就像烟花被定了格。就算一切全完了蛋，能看到这样的景象也足够了。

坏就坏在看不到地球。火箭偏离轨道以后就一直这样了，我跟他们说："嗯，肯定能看到的，没准是看错方向了。地球还不好找？绝对没问题。"然而大家还是慌里慌张。他们之中的萨姆森二世给我画了张表，从表上看，即便方向错了也应该能看到地球，于是我说："怎么讲？难不成我们掉进了什么魔法虫洞，出来以后就到了宇宙另一边？"

"有可能。"

"所以整个地球消失了？没了？"

"有可能。"

大家一听都吓得尖叫，喊累了便睡了过去。

睡眠起码能减少氧气消耗。

我曾想过手机那头是不是有个沉默得出奇的人。我也试过拨电话出去——我想，这里离卫星近，信号可能更强。但好像这样行不通。

我最喜欢的重力

我觉得世界并没有消失，但是看不见它不由令人很担心，毕竟我的全部家当都在地球上呢。想想最亲的爸爸和妈妈，还有最爱的卧室和电脑，我感到稍微平静了些。我有一艘曾经占据半块地板的超大"摩比维京船"。有一天，我发现自己长出了胡子，就把维京船收进了盒子里。我觉得留胡子的人，哪怕只留一小撮，大概也已经过了玩"摩比"的年龄。

我刚刚说，是我自己发现自己长了胡子，但老实说，不是我注意到的，因为浴室里用的是节能灯。跟我指出这件事的是别人，就在六年级毕业生结伴去"奇妙乐园"那天。

"奇妙乐园"里最有名的项目莫过于"宇宙穿梭"。在乘大巴去乐园的路上，大家聊个没完，都说那里大得可怕，自己的兄弟姐妹进去之后没一个能原样出来。先介绍一下"宇宙穿梭"吧，怕你还不知道：那是一个有两个座位的金属笼子，用很大的、像是橡皮筋的东西连接到一个巨型升降机的顶上，工作人员会用链子把笼子拉到地上，再用电磁铁固定。游客坐进去以后，等电磁铁的电源断开，他们便会被那个橡皮筋一样的东西弹射到空中，接着再被扯回到地上，如此反复几次，花上大概十秒钟的时间。

虽然只有短短十秒钟，却恐怖得要死，据说本的表哥的头发一下子全白了，乔隔壁邻居的胃甚至都翻到了嗓子眼，最后只能去动手术。只要有人问，他就会把缝合的线给他们看。

尽管"宇宙穿梭"有这样或那样吓人的地方，但大家还是说要去坐。直到我们到了那儿，才发现有身高要求。工作人员摆了一个木头做的火星人在外面，火星人横出一只胳膊，上面有个对话框，写着："能从我胳膊底下走过去的人不得入内。"那玩意儿只到我的肩膀，除了我之外，其他人都能轻易地走过去。"好的，"工作人员说，"那你进去吧。"

瞧见没？我就说年龄和身高没有必然联系。"宇宙穿梭"只对游客的身高有要求，没有年龄限制。大家都在"唉唉"地抱怨，说这不公平，当小孩的体验怎么这么差劲，真不如当个大人。虽然嘴上这么讲，但看到自己的身高不够格，他们明显松了一口气。

工作人员说："还得再进一个人。不坐满两个人不能开。"

我看了看教我们的海斯女士，她只是耸了耸肩。"孕妇能进去吗？"

听说海斯女士怀了小宝宝，大家全都激动不已，工作人员说"不能"时，没人注意到他说了什么。

"没人进去吗？"等人群稍微安静下来，工作人员又问。

大家纷纷向好心陪我们这帮人一起来的家长，也就是我爸爸看去。他是出租车司机，时间充裕，一碰到这种机会就会过来。

佛罗里达·科尔比一个劲儿催他："快啊，迪格比先生，快进去吧。我老爸要是在这儿，肯定会进去的。他胆子大得要命。"说着，她有意无意地把我爸爸从"火星人"面前推到笼子前的斜坡上。工作人员招呼我和爸爸进到笼子里，帮我们系好安全带。我记得爸爸曾问工作人员："有玩这个死掉的人吗？"

工作人员瞪了他一眼。"没有。"那人说，"只要是我操作，就没人死掉。"

"我只是问问。"爸爸说。

工作人员关上笼门，透过护栏的缝隙看着我们。他说："然而凡事都有第一次。"

这时候再大叫"让我出去！"也无济于事了，因为震耳欲聋的音乐瞬间响了起来，干冰的白雾涌进笼子，灯光在周围跳动。准备弹射的阶段原来这么厉害。爸爸抓住我的手，大喊："别怕，利亚姆。"我还没说出"我不怕"，就听到"砰"的一声，笼子蹿升到空中，一种可怕的压迫感骤然袭来，仿佛有人用拳头把你捅进了皮球。笼子到达最高点以后，感觉又不太一样，我觉得自己比空气还轻，所有的恐惧仿佛都消失了。第二次弹射的高度跟第一次几乎差不多，但一点儿也不吓人。我和爸爸在位子上笑疯了，就等那个大橡皮筋平静下来。接着我们又弹射了五趟。

从笼子里出来以后，我仍感到无比兴奋，觉得周围的一切看上去比平时更清晰，一切东西的轮廓都变得更锐利、明亮。其他男生刚刚都留在木头火星人周围大呼小叫地加油，女生们则追着海斯女士问小宝宝的事儿。我这才意识到，我们只在那上面待了两分钟左右。

佛罗里达·科尔比问我："你想吐吗？"

"不想。"

"朱莉·约翰森就在坐'鬼列车'的时候吐了。"

她好像以为，我要是知道了这件事儿就也可能想吐。佛罗里达·科尔比痴迷的事只有两件：名人和呕吐。把一个会吐的名人带到她跟前，她会感觉宛如在天堂。

我对爸爸说："真是棒呆了！我们还能再坐吗？"

爸爸回答："别拉上我，你也别去。"

"可是……"

"利亚姆，刚才的经历一辈子只能有一次，你已经感受过了。"

说完话，爸爸和韦恩·奥贡西吉一起去玩钓鸭子了。两人深入探讨了利物浦球队的防守，爸爸说他们后卫很弱，韦恩则说他们后卫其实很靠谱，只是发挥不好。我偶尔看见"宇宙穿梭"的笼子像大炮打出的月亮一样，被弹射到其他游乐项目的设施上空，我想到自己已经坐过一次，暗暗打算一定要再坐一次。

我们离开游乐园的时候，海斯女士带队往学校团体的特别通道走去。我目不转睛，望了"宇宙穿梭"最后一眼。

我肯定是有点掉队，因为我刚想走出门口，保安就问我："先生，能否请您靠边站一会儿？"我只好照办，目送大家离开。

爸爸经过的时候，还忙着跟韦恩·奥贡西吉一起为利物浦球队出谋划策，根本看都没看我。等他走出去，保安便关上门，对我说："大门在那边，伙计。这里只给学生走。"

保安以为我是大人！

这还是从没发生过的。通常人们只会觉得我比较老成。其实我可以跟保安讲清楚："我就是学生，请让我出去。"或者闭上嘴，趁机再坐一次"宇宙穿梭"。现在我有两个选择，但不知怎么的，我能想到的，只有那一件事。

我直接回到了"宇宙穿梭"那里。

工作人员见我在附近走来走去，便问："和你一起的人觉得好玩吗？"

"和我一起的人？"我才发觉他在说我爸爸。

"你愿意的话，其实可以帮我一个忙：填补空缺。"

"什么空缺？"

"是这样的，我想让它一直运行，可单有一个笼子立在原地并不怎么吸引人，很多游客会临阵脱逃。我希望能有人时不时进去陪坐。"

我模仿大人的嗓音说了声"好"，站到了笼子边上。

这天下午，我总共玩了八次"宇宙穿梭"。服务的陪坐人里有个小男孩，他妈妈不敢带他进去。还有个爱逞能的家伙带着女友来，结果女友胖得连座位都坐不下。此外还有四个人。工作人员说我重心很稳，每次我都有进入新世界的快感，兴致一丝未减。

工作人员告诉我，"宇宙穿梭"在朝上弹射时会产生四倍的重力。"那是四倍的地心引力，足以让你意识到正常的重力环境是多么舒适。我之前设成五倍的，总是有游客昏过去，这影响很不好。你就可怜可怜住在高重力星球的人吧，他们的日子一定不好过。"

后来，工作人员给我买了薯片和几个热狗，我们坐在笼子里一边吃，一边被那根大橡皮筋送到高空，慢慢荡啊荡啊，所有的游乐项目都在眼前铺开，像一个模型村庄，时不时有海鸥在旁边飞过。我终于看到爸爸了，他刚好经过了欢乐屋，于是我大喊："出租车！！！出租车！！！"

爸爸左顾右盼，就是没有抬头。最后总算发现了我。

此刻，我在心里对爸爸说："假如你现在也在找我，估计也是一样的反应——东找西找，就是没有仰望太空。而在奇妙乐园的那天，看着你找我确实很有趣，不过等我们落地后，你却一点也不高兴。"

　　"你到底去哪儿了？在出口集合的时候明明点到你了呀？别人都说在大巴上看到你了。车半路开到布特尔了，我们才发现你不在车上。"

　　"我在这儿，一直在这儿。先生您说是不是？"

　　"没错。"工作人员说，"你究竟想怎么样，伙计？"

　　"谁是你伙计？我是他父亲。"

　　"你看着年轻得不像他爸爸啊。"

　　"他今年才十一岁。"

　　"什么？"

　　"只是长得很高而已。"

　　"我不是惊讶他的身高，而是他长胡子了。"

　　这是我头一次听到别人提起我那超前成熟的胡须。

　　爸爸对我说："利亚姆，回大巴那儿去。"

　　我终于上了车，大家为我欢呼鼓掌。我靠窗坐下，想用窗玻璃照一照自己新长出来的胡须，最后只瞧见几簇棉花糖般的棕色胡楂。于是我问："人的胡子是怎么长出来的？难不成是被多余的重力给挤的？"

　　这无忌之言把爸爸惹怒了。"利亚姆……找你找了两个小时……还发动了郡里所有的出租车司机，说你从一辆行驶中的客车上离奇失踪……"

"我不在车上。"

"……说你从一辆行驶中的客车上离奇失踪，还报警了。"

"别啊！"

"结果找到你了，你还开心地朝我挥手，在游乐设施上津津有味地吃薯片，你觉得我是什么心情？"

"庆幸我还活着？"

爸爸瞪了我一眼："可能吧。内心深处兴许如此。"

我说了句"对不起"。

爸爸说："像你这么魁梧的小伙子，应该更懂事的呀。"

父母就是这样，孩子不见了，就唯恐自己的骨肉会死，等找着人了，又想杀了他。

爸爸生气是有原因的，他快担心死了，我却像个没事人一样。我为什么要担心呢？我明知道爸爸会回来找我，从没想过他不回来。人小时候都相信爸爸是万能的。

可现在情况不同了。我距离地球表面三十万公里，你要问我觉不觉得爸爸会突然出现在火箭操纵装置的旁边，把我们送回布特尔，我实在没法说出肯定的答案。

这大概意味着我已经不是个小孩了。

剃须是个技术活

虽然我看不清自己超前成熟的胡须，可一旦知道这东西长了出来，就没法不去想。总感觉怪痒的，忍不住想摸一摸，不过这个动作会惹别人注意，有人会在旁边喊"金刚狼"或更尴尬的话。所以我决定把胡子剃掉。

我用爸爸的剃须刀对着棕色棉花糖般的胡楂刮了几下，胡楂是刮掉了，可惜也弄出了好多血。

脸上顿时血流如注。我不确定该怎么处理，只能拿一块毛巾捂住下巴，祈祷自己不会死。我一直按着毛巾，祈祷了大约一小时，差点以为自己已经死了，直到妈妈叫我吃晚饭。我下了楼，妈妈对我说："你怎么啦？你的脸好像被煮过。"

爸爸插嘴道："他在刮胡子。"

"什么？"妈妈说，"他不可能刮胡子！他这么小，怎么可能刮胡子。他还这么小。"

"嗯，他这年龄的确不该长胡子。"说完，爸爸教给我不太会危及生命的剃须方法。

"只是一旦开始刮胡子了，"他说，"你就得继续下去。你刮得越多，胡子越硬。"

那么往后我就长不出棉花糖那样柔软的胡须了，只会长出马桶刷之类的玩意儿。

妈妈说："利亚姆，你可别长得这么快啊，我还不想失去我的小宝贝。"

为我长胡子这件事，妈妈气得不行，带我去看了医生。医生都说没啥好担心的，妈妈却更担心了，还要求去看专家门诊。

"找哪方面的专家呢？"

"您看，您不是很了解这类人吗？身体长得太快，还没成年就开始掉头发，才二十岁就起了皱纹，像个老头子。"

妈妈以前从没对我提起过这些人。她肯定是察觉到了我害怕到极点的表情，因为她接下来说："这类人尽管少见，但的确存在。您应该在网上见过，对不对？"

"不，我没见过，这是实话。我可以安排您儿子去看儿童医院的骨科专家。"医生的回答让我松了口气。

医院里的医生给我验血、做扫描，还送了我一张写着"我很勇敢"的贴纸。他们带我去见了一个专家，又见了一个专家中的专家。这两人都说，我一点问题也没有，非常正常，而且正常得过了头，都要变得不正常了。

唯独就是长得太高。

"他还是个小男孩，"妈妈说，"身体长得也太快了。"

"迪格比女士，大人都是这么看孩子的，关键是要记住：不管他长得有多像大人，他终究还是孩子，就算已经不能去童装区买衣服，也不能说他的童年结束了。男孩成长的速度都不一样，尤其是他这个年龄段。利亚姆，你过完暑假回学校，很可能发现大家都长高了点，没准你就不是班上最高的人了。"

"这还真讲得通，"妈妈说，"医生您有所不知，孩子他爸起初长得挺高的，可现在呢？您看看，连中等身高都算不上。"

"其实我还是稍稍超过了中等身高的。"爸爸插话道。

"没这回事。"

"只超过了一点点嘛，但我非常非常有把握，我就是在中等身高以上。"

"改天再跟你说。"妈妈甩出这句话。她想让别人闭嘴的时候，总是会这么说。

那个专家中的专家有几句话说准了。暑假过完，我所有同学的身高都往上蹿了点儿。

包括我。

妈妈要用厨房里的"见证成长"标尺给我量身高，她得踩在椅子上才够得到我的头顶。"唉，"她说，"你又长了这么多！"

爸爸说："十七厘米多已经不能用'多'来形容了，简直是突变了吧。"

去滑铁卢中学报到的那天，我发现自己是低年级学生里个子最高的。

妈妈在夏初替我买的新校服已经穿不下了，校方只得送来一件超大号的低年级制服外套。在第一学年的上半学期，我得到了穿便服的特殊照顾。

后来，我和爸妈去申请校车通票，但办公室的阿姨压根不相信我在上学，我们只好回家去取出生证。第二天早上，我把通票拿给校车司机看，她压根不相信那是我的，我只好下车给妈妈发短信，叫她过来。她对下一班校车的司机说明了我长得偏高的情况。

"亲爱的，这不是身高的问题。"司机说，"他都有胡楂了啊。"

妈妈叹道："是不是以后每天早上我都得干这个差事？"

"只能等大家都习惯了。"

最后，妈妈为我弄了一张通行证，我时刻揣在兜里，免得再被问起。爸爸说："这会免除你的麻烦。"

然而，一个人又能错得有多离谱？

爸爸把他的旧手机给了我，免得像在奇幻乐园那样丢了儿子找不到。他的手机里安装了德拉克斯世界导航。我说明一下：这个应用能显示当前位置和出行路线，还能同步全球各地的卫星照片，观看海啸、火山喷发、森林火灾等，应有尽有。爸爸一般拿来判断近旁道路是否顺畅。

去滑铁卢中学报到的路上，我一直开着德拉克斯世界导航，观赏各大主题公园和里面刺激的游乐项目，比如奥尔顿塔的垂直过山车和"空中之旅"过山车、欧洲迪士尼的"飞越太空山"、卡梅洛特的"恐怖塔"过山车、东京巨蛋城的"雷电海豚"云霄飞车……车子缓缓开上滑铁卢路，我便输入"滑铁卢"三个字，很好奇会不会收到自己在车上的卫星照片。但手机屏幕上却布满了上万种选项。无论到哪儿都有滑铁卢，伦敦有滑铁卢车站，塞拉利昂有滑铁卢港，比利时有滑铁卢镇。光是从这个滑铁卢赶到那个滑铁卢，就能走遍世界。

此外，有瀑布叫滑铁卢，有丛林叫滑铁卢，有雪山叫滑铁卢，还有白色沙滩叫滑铁卢。我实在搞不懂，那些想要住在滑铁卢的人，为什么只想到了新海滨购物中心附近的便利天桥，而不是大沙滩和西伯利亚的广袤雪原。

德拉克斯世界导航能规划任何路线，上手并不难，只要你不是长着短硬胡楂的小孩，而是个恰到好处的成年人——比如说，我爸爸这样的人，你给车子加满油，再左转，右转，直行，就能到达雪山、白沙滩和珊瑚礁。说真的，成年的好处都被成年人浪费了。

到了学校，我在报到处见到校长萨斯夫人。她一看到我就招呼道："啊……是汤姆吗？"

"我是利亚姆。"

"当然，当然。我是洛琳。请跟我来吧。"

我不禁想到，校长第一天就把她的名字告诉我了，这可真是友好。我读圣女贞德小学时，校长肯达尔夫人就坚决不透露。

洛琳带我去了教员室，把老师的名字一个个告诉我。他们都跟我握手，表示很高兴认识我。我心想，这学校也太讲礼貌了吧！要是每个新生都有这份待遇，真不知道报到过程要折腾到猴年马月。洛琳指着我说："各位，我来介绍一下，这是汤姆——对不起，是利亚姆，我们媒体研究学科的新带头人。"

我知道自己应该当场纠正她的说法，但那时正好有人给我送上了一杯咖啡和一块夹心饼干，还扶我坐进了一把又大又舒服的安乐椅，于是我想，索性吃完饼干再把话说清楚好了。

洛琳又发话了："今天要开晨会，我会请你上台，把你介绍给全校学生。有什么地方需要说明吗？比如支持的球队，特别的兴趣爱好之类的。"

我应该趁这个好机会开口："虽然很有意思，但我只是七年级的新生，不是老师。"不过见校长这么开心，我改口了："我喜欢玩多人在线的大型网游。"

洛琳看起来有一点茫然。

"比如《魔兽世界》。就是你可以创建一个角色，让他去冒险，学技能。"

"啊，"洛琳说，"提到技能，我们滑铁卢中学的教学宗旨，就是要不断提升各项技能。"

"我在游戏里学了很多，"我说，"有些在现实生活中自然没什么用，比如驯龙，有些还是犯法的，比如掷飞刀。但这只是我自己的看法。"

"我想那大概确实犯法了。"

"我在小学里还想说服校长开《魔兽世界》社团，但她只是用心疼笨蛋的眼神看我。"

洛琳也拿出了那种心疼笨蛋的眼神。

这时铃声响了。"还是去开晨会吧。不如让你自己介绍算了，完全不用担心自己讲得太有意思。"

于是我走上台，在洛琳对全校师生讲话的时候站到她身后。观众席的第一排有八个认识我的同学，他们也在圣女贞德小学上过学，其中就有佛罗里达·科尔比，她不停地冲我挥手、扮鬼脸。洛琳先是欢迎全体学生回校，希望人人度过了难忘的暑假，又提到新的注册规程，接着她说："现在，我想向大家介绍一位教媒体研究的新老师。他将担任曼德拉九班的班主任。有请米德尔顿先生……"

她指了指我。

我走到麦克风前，说："谢谢，洛琳——抱歉，应该叫您萨斯。"然而台下已经炸开了锅："洛琳……原来她叫洛琳啊……"洛琳看起来非常恼火。

所有面孔都仰望着我。虽然我的一部分意识觉得自己应该三思——不过要是我能三思，就不会出现此刻这局面了——但另一部分意识觉得，这样也不赖。

我问候道："同学们早上好。"

同学们齐声说："老师早上好。"

老师！哈！

我问："有同学去过利物浦附近的滑铁卢吗？"

一千两百个学生同时举手挥动，仿佛在敬礼。望着他们，我觉得自己顿时成了《星球大战》里的邪恶皇帝。我吸了口气，说："那有同学去过比利时的滑铁卢吗？1815年的滑铁卢战役就发生在那儿。"没人举手。我又说："西伯利亚呢？西伯利亚的面积和欧洲相当，那儿有世界上最大的淡水湖，湖里的海豚还是当地特有的，湖水结的冰非常厚，上面可以跑火车。有一个镇子也叫滑铁卢。有同学去过吗？”

没人举手。

“为什么不去？”

没人回答，但学生们都如坐针毡，仿佛没做完去西伯利亚的作业。

“塞拉利昂的滑铁卢呢？”

还是没人去过。

“塞拉利昂拥有茂密的热带雨林和令人神往的历史。有人去过吗？”

依旧没人回应。

“为什么？！”

学生们变得更不自在了。“既然我们都去过有便道和购物区的滑铁卢，怎么就没人去过有瀑布的滑铁卢、丛林里的滑铁卢和冰湖边的滑铁卢呢？为什么？这些地方又不是在‘纳尼亚’，不用穿过魔衣橱；它们也不在‘艾泽拉斯’，不用创建角色进入虚拟世界。这些地方都真实存在，坐公交车就能到，有时要换好几辆车，但它们不会消失，就是世界上的一部分。”

有人忽然喊道：“对！”

我很惊讶，因为那个人不是孩子，而是洛琳。这时我才意识到她觉得我在打比方，接下来大概会说点类似“教育能为孩子打开新世界”的话。可我没有，而是说：“那我们走吧！”没人动身。他们也都以为我在打比方。我说：“哎呀，都坐着干吗？我们走吧，都跟我来。”

我也不知道自己怎么会说最后一句话，可那句话自然而然脱口而出了。我下了台，走到礼堂的中央，面朝后门。没过一会儿就陆续有人跟了上来，最后，全体学生跟着我穿过低年级学生的专用出口，走出礼堂，来到操场上。

室外阳光明媚，鸟儿啁啾。我走到校门前，伸手推了一下，它没有反应。滑铁卢中学的保安措施非常严格，早上九点关校门，不刷卡的话不能出入。校门外恰好站着一个穿着皮夹克的男人，正对着对讲机说话："我是媒体研究学科的新带头人。"

秘书回话道："这下我搞不清了，您已经到了呀，正在开晨会。"

这时洛琳来到校门边。她看看媒体研究学科的正牌带头人，再看看我，立马咬牙切齿地问："你到底是谁？"

我确实想把实话都告诉她。"实在抱歉，洛琳。"我说。

"别再叫我洛琳。要叫我萨斯夫人。"

"明白了，萨斯夫人。"

"你怎么不把你的真名告诉我？"

"我说了呀。"

"但……好吧，你人高马大的，应该更懂事的呀。"

我一回家，妈妈问我开学第一天过得怎样。

我说："还可以。"

"就这样而已？'还可以'？"

"不止。"

"还有什么？"

"饿死我了。"有时说话最好不要太深入。

我在现实中的朋友

针对我在师生大会上"出格的扰乱行为",学校召开了无数会议,寄了上千万封信到我家里。萨斯夫人认为,我的问题在于"社交能力薄弱",就因为我是独生子。"他很不合群,在操场上被同学孤立。"

我怎么能不被孤立呢?别人都围着我喊"老师,老师!",要么就是"金刚狼!"或"嗨,大个子!",一天能有上百万次。我能如何?把身体缩回去吗?

爸爸教育我:"你要试着交朋友。"

"我朋友可多了。有二十个公会成员任我调遣呢。"

"我是说现实世界,不是虚拟世界。"

"压根没区别嘛。"

"这下说到点子上了,"爸爸说,"你要交现实里的朋友,他们需要能肉眼看得见。"

可在《魔兽世界》里,别的玩家并不知道你的高矮胖瘦,他们只认可你的种族 —— 我是拥有恢复能力的高等暗夜精灵。

爸妈觉得这还不够,于是每周六早上把我送去参加"小星星"剧团。管事的姑娘莉萨似乎并没有注意到我薄弱的社交能力,只顾着啧啧惊叹，把我上上下下打量了一遍，说："这里可是儿童剧团。"

"他今年十二岁。"爸爸说。

"什么？心理年龄吗？"

"不，生理年龄。他的心理年龄应该也是十二岁。总之生理、心理、情感等各方面都是这岁数。只是长得稍微高了些，还有点胡楂。"

"哦！"莉萨一脸难以置信的表情。我立马把通票拿给她看。

"小伙子很聪明，"爸爸说，"在读尖子班。"

"那他就不只是个'小'明星了，对不对？"莉萨问，"等我们演《邻家巨人》的时候，他会是完美的人选。所以……"她微笑道，"何乐而不为？"

所以我就去了，还遇到了佛罗里达·科尔比。她已经是"小星星"剧团的付费会员。莉萨分配给她的角色是巨人的小朋友，名叫索菲。

"戏里的索菲是以超模索菲·达尔命名的，"佛罗里达说，"那么我演索菲的时候，就是在演年轻版的超模啦！"佛罗里达总是要当名人，莉萨叫我们演撞了鬼的角色，她就假装自己看见了小甜甜布兰妮的灵魂；要求扮演狗的时候，她假装自己是麦当娜的狗。

剧团生活的第一天结束后，我们走路穿过新海滨购物中心回家，佛罗里达一路上都在跟我对台词，基本都是"你好大哦！""天哪，你长得好高！""你就是个巨人呀！"之类的，用

"小星星"剧团教的那种清脆洪亮的嗓音。我坐到水景区域的一条长椅上，希望暂时变矮一点。

"要是我们坐在这里，"佛罗里达说，"保安会赶我们走的，他们最讨厌小孩在长椅周围晃荡了。这些人真的很不喜欢小孩。"

事情并非如此，竟然有一个保安从我们身前走过，还对我点点头。

"这是怎么回事？"佛罗里达问。

"保安以为你是跟着我的，"我解释道，"因为他们觉得我是你爸爸。"

"怎么可能，你骗人！他们当真这么觉得？"

"对啊。"

"那真是太棒了。"

她说得没错。这样我们就能为所欲为了。从这个星期六开始，以后每到这天我们都会在电梯上玩，在照相亭胡闹，去"绝对游戏"电玩店试玩所有新游戏。我们还去"严禁儿童独自进入"的"新闻和酒"报刊亭，佛罗里达爱死那里了，因为她可以翻阅所有名人杂志，我一般会买一份报纸，把自己装得更像爸爸。佛罗里达有时会在进门之前给我一英镑，让我买巧克力给她。

"你要吃巧克力就自己买。"我说。

"女孩子跟爸爸出去，从来不会自己买，都是爸爸买。"

佛罗里达甚至还想怂恿我给她买烟。

"爸爸不会给孩子买烟的。"

"我的亲爸爸就会啊。为了我，他什么都会做，他还要给我买一匹小马呢。"

"那就去问你亲爸爸要。"

有一次，我撇下佛罗里达进去了。站柜台的阿姨问我："您的小公主今天哪儿去了？"

我把这件事告诉佛罗里达后，她感觉很不错："公主太好听了，从今往后你得叫我公主。"

"我倒不觉得有多好听。"

"为啥？我爸爸一天到晚都叫我公主。"

"这话题以后再叙吧。"我说。

"哇，你讲这句话的口气还真像个爸爸。"

"感谢夸奖。"

还有一次，佛罗里达带她妹妹伊比扎来了。"哇，又来一个，"报刊亭的阿姨说，"原来您有两个女儿啊，我都不知道。有句话希望您别介意：像您这么年轻的爸爸，愿意和女儿在一起，真是件好事。她俩都是您的骄傲。姑娘们，有这么好的爸爸，你们也是够幸运的吧？"

说完，阿姨就给了她们一人一根"嚼嚼"巧克力棒。

那真是一段特别愉快的时光。我们现在兴许得打住了。如果你玩游戏的话，就知道人一旦有了上手的感觉——这可以称为"新手上路"关，就会忍不住想要升级。

有一天，莉萨因为她爸爸生病得提早收工，这让我们有机会在新海滨购物中心里尝试所有不寻常的玩法——这也可以称作"利用奖励时间来尝试升级至第二关"。

61 路公交车正好停在教堂外面，它会一直开到利物浦热闹的市中心。好了，这就是第二关的通关之路。

在新海滨购物中心里装大人已经很好玩了，而去利物浦热闹的市中心则会带来天大的乐趣。我们一下车，就有一个穿白色迷你裙、系红色腰带的女人让我免费试喝某种新品酸奶。"拿着，"她说，"再给您女儿来点儿。"酸奶还没喝完，又有个女人送了我一份报纸，之后还有一个穿裤子和西装上衣的女人问我能不能抽五分钟回答几个问题。

这些问题调查的内容基本是你出门逛街选择的交通工具，喜爱的店家，出生年份和所从事的工作。我告诉他们爸爸的生日，还说自己是出租车司机。对方问："可否请您进来尝尝我们新出的三明治酱，顺便点评一下？"

在她的带领下，我们进了一个装修精致的房间，拿到了免费的三明治和苏打水。吃完后，我们被迫填了几份问卷，写字的笔还能带走。佛罗里达还想继续吃，穿裤子和西装上衣的女人大笑着说："这大概就是我们需要的反馈了。"

"能再给我点儿吗？"

"不能。"

被那女人赶出来以后，我们只好去了利物浦闻名世界的码头商业区，透过保时捷展厅的橱窗往里看。佛罗里达问："我们是不是有点太离谱了？"

"逛逛看嘛。"我好像又有了那种进入新世界的快感。

这是我第一次参观汽车展厅，以前没见到过停在地毯上的车子，这次仿佛走入了豪华跑车家族的客厅。这些车子似乎比平时的样子要小，也更光彩夺目。一个穿了一身西装的男人见到我们入场，说："您先喝点咖啡，先生。稍后我将为您服务。"

展厅里有一台咖啡机，还有一盘饼干，可惜大部分是助消化的那种。佛罗里达拿起唯一一块波旁威士忌酒口味的，边吃边逛，饼干屑一路撒落在地毯上。她看到一辆线条优美的好车，对我说："用手机给我拍张照。"

"凭什么？"

"这不是爸爸该做的吗？"

她不由分说地倚在汽车的引擎盖上，摆出笑容，我只好替她拍照。西装男见状立马站到我们身边。"您品位真不错。"他说。

佛罗里达说："这是保时捷的博克斯特吧。曼联队的韦恩·鲁尼就有两辆，都是红色的。"

"没错，"西装男人说，"他的都是在我们这儿买的。小姑娘你懂得可真多。"接着，他问我佛罗里达今年多大。

我回答："她十一岁。"说完又觉得自己应该讲点装大人的话，于是我说："车的颜色我拿不准。"

"这边的一辆红色跑车跟韦恩买的那款很接近，来看看吧。"

我过去看了看。

"我同意你的话，这种车天生就该是红色。"尽管我压根不记得自己说的是什么，西装男人还是很友好地附和了我的观点。"只是有点贵……"

"我懂。"车的价格就标在挡风玻璃上，就快把整块玻璃都遮住了。

"……但值这个钱。"

"嗯，也是。"

"您是想买车呢，还是看车？"

好吧，我心里清楚该怎么回答，可"买车"听上去更稳重。

"您想以旧换新吗？"

"这就不用了，我不讨厌自己的旧车，可能会留着，毕竟车还好着呢。"

"我明白了。旧的一辆是家用车，是给成年的父亲用的，而这辆可以当赛车玩，对不对？"西装男人冲佛罗里达眨眨眼，"男人哪，永远长不大，是不是？"

"他绝对还没长大。"佛罗里达说。

"嗯，"西装男人说，"那就假装我们长大了吧，哪怕只是一会儿也好。您的收入来源一般是哪些？"

"不确定，有很多。"

"好的，好的，是我太爱管闲事了。您的意思是，您还没考虑好要不要买这辆车？"

"对，还没考虑好。"

"我总是在拼命推销，但是像这种车，得让它自己说话。"

这时，佛罗里达问："我们能体验试驾吗？"

西装男人瞥了她一眼，她接着恳求了一句："真的，可以吗？"

"那好吧。"

我和佛罗里达坐进车里。佛罗里达悄悄跟我说："你该告诉我得求人家的。"

"你不是求过了吗？"

"对啊，但是你该事先提个醒，那样才更像个爸爸。"

"好吧。"

西装男人凑过来看我们，还冲佛罗里达眨眨眼："还舒服吗？"

"舒服。"佛罗里达应道。

我也附和道："舒服。还有什么问题吗？"

"那没事。挺好。"

说着，西装男人把车钥匙递给我。"请您继续，"他说，"您知道接下来要干什么吧？把车慢慢开到外面的空地上，看看性能如何。"我还什么都没说呢，西装男人就叫另一个销售员转移别的汽车，打开展厅的大门，让我把车开出去。

"得把座位往后推一点。您块头可真大啊。"

我本可以回答："我块头是很大，但这并不说明我年纪很大。"可我改口了："感谢夸奖。"接着添了一句，"——伙计。"

"您带驾照了吗？该怎么称呼您呢？"

"呃……我姓迪格比。我没带驾照。"我尽量装出懊恼的口气。

"没关系，迪格比先生，我相信您的话。"

一旁的西装男人屈身介绍仪表盘的功能："这是 MP3 播放器，这是人体工程学设计的座椅，这是卫星导航系统，方便您出远门。"

我心生一念："我手机里装了德拉克斯世界导航，能绑定车载的系统吗？"

西装男人一脸佩服。他说："不确定，您可以试试看。"

我打开手机里的德拉克斯世界导航，选择滑铁卢作为目的地。

"滑铁卢？"西装男人说，"哦，不，这好像说不通：从这儿到那里只要开个十五分钟左右，但你这个系统却显示有三天的路程。"

"其实那是塞拉利昂的滑铁卢，在非洲。"我说。

那人看着我，仿佛我满嘴都在谈论诗歌。"哇，"他说，"目的地在非洲？您还收藏了？那接下来怎么走？贯穿法国，翻越比利牛斯山脉吗？"他已经入了迷，不禁开始想象这一路的旅程，纵横山河，走过渡口和沙漠。"迪格比先生，"他说，"这辆车您绝对值得拥有！要不是真没有办法，我肯定把它送给您。"

我转了转车钥匙，启动车辆。车呜呜直叫，就像猫发出咕噜声。西装男人走到一边，指向引擎盖。"完美的工艺。"他微微一笑。

我心想，这只是暂时的，没准要不了五分钟它就会成为废铜烂铁。游戏升至第二级的要点，就是会遭遇意料之外的新危险，因此游戏结束的可能性也相应增加。

我低头去看踏板。我知道其中一个是油门，但不确定是哪个。而《魔兽世界》教会我：只有学了新技能，才能闯下一关；没有技能的加成，千万不要升级。可惜我已经把这一点还给老师了。我闭着眼睛感觉中间那个踏板是油门，直接把脚踩了上去。恰在这时，副驾驶座旁边的车门开了，一个熟悉的声音钻进我的耳朵："立刻给我出来！快！"

爸爸，我很高兴能在展厅见到你。只是当时我可能没说出来。

我下了车，听到爸爸在大声跟西装男人理论，说那样我可能会死掉，还质问销售员为什么没搞清楚我的年龄。

"我怎么知道？"西装男人委屈地说。

"查驾照啊。"说得好，爸爸。

"他又没带驾照。"

"当然没有驾照，他今年才十二岁。"

"听着，伙计，"西装男人说，"别因为您儿子是个怪胎就来责备我。"

我以为爸爸要动手揍人了，不过他只是说："我儿子不是怪胎，他再正常不过，只是长得高了些。"

"不单是身高的问题，他好像还带了个女儿。"

爸爸车里的仪表盘上立着一个圣克里斯多福[1]的小塑像。我被推进他的出租车，准备离开市中心，我不小心碰到了那玩意儿，塑像滚到了地上。

"捡起来。"爸爸呵斥道。

"好吧，我这就去捡。可你也把他背上的耶稣宝宝给撞翻了。"

"不准这么跟我说话，利亚姆。"

我只能说好，但还想继续问他。等车驶上临港公路，我才开口："你怎么知道我们去了哪儿？"

"我是你爸爸，"他说，"我看得出你是不是在搞笑。假如你没有回家，而是上了一辆平时不乘的公交车，我会跟在后面，哪怕因为半路拒载被老板骂也在所不惜。我是你老爸，这些事该老爸负责。"

回忆起这件事，我在想，你会不会把出租车开到了宇宙里，一边开一边越过太空垃圾，现在也在后面追我们呢？这当然是不可能的。出租车可没法产生足够的逃逸速度。

谁要是感兴趣，我可以讲讲那天爸爸是怎么找到我的。其实，他把旧手机给我以后，自己买了一部新的，只是号码没有换，所

---

1 圣克里斯多福，天主教圣人，传说他曾背着耶稣假扮的儿童过河。

以就出现了共享同一号码的两部手机，第一部是爸爸的，第二部是我的。哪天爸爸担心我了，只要打开德拉克斯世界导航，请求"显示二号机的位置"，便能得知我的去向。

于是我的手机虽然长得像部手机，实际却是爸爸的电子追踪器。

我和爸爸共用一个手机号，以前我还能收到"松木星球"发给爸爸的所有新款厨具的推送，爸爸也能收到《魔兽世界》公会发给我的通知，比如"巨龙来袭！盼君治愈！"，或是"捕获五十只妖精！是杀，还是绑？"。一本正经的人也许会这么想：天哪，神秘生物进犯了，还是快躲到高尔夫球场后面的树林里吧。可我爸爸只会觉得手机在抽风，关一下再开机就没事了。

遇到任何技术问题，我爸爸都会这么做。像微波炉、卫星导航、电脑、洗碗机，哪个出了故障，他就会开开关关，直到机器恢复正常。这种做法往往都有效果——不骗你。我现在就想试试，可我不确定火箭有没有关机按钮。

我的熊猫汽水星

师生大会那档子事已经很糟了，在保时捷展厅的遭遇却像是在游戏里死掉之后又退回了第一关，还一条余命都不保。"我们只想让你学点社交技巧。"妈妈说。

"社交技巧？"爸爸问，"好吧，让我们看看他都干了些什么：先是骗一个小女生假扮成他女儿，后来还忽悠了销售员借他保时捷开。他不缺社交技巧，而是太张扬了。我们叫他稍微学点，他却吃得太开，这才是问题所在。"

看来爸爸说得没错。现实世界中的朋友确实和虚拟世界不一样。《魔兽世界》里，要是你等的人没上线，还能招募别人。但在新海滨购物中心里逛，就算碰上好几千名顾客，也不一定能找到一个佛罗里达。

妈妈对此心急如焚。"利亚姆，"她唠叨个没完，"我们该拿你怎么办？"

爸爸在网上搜索了专门为特殊问题人士开设的自救团体。一小时后，他跟我们说："不如去突尼斯的海滩度假吧？那边人气很旺，人均只要一百五十英镑。"

"突尼斯可有点远，"妈妈说，"我还以为那种团体会去图书馆呢。"

"我可没在说这个。我们都需要放个假,是不是?就我们三个,去一个没人认识的地方,放松一下。"

我从没出过国,听到这话真的兴奋死了,一整个星期都在看度假手册,还和爸妈一起去了旅行社,激动得大说特说。那场面可真叫尴尬,比如,一有人提到突尼斯,我就接话道:"对呀,四星级酒店,不仅管饭,还能去看撒哈拉大沙漠!

妈妈说:"撒哈拉大沙漠?别开玩笑了。那里只是沙漠,进去会迷路的,饿死的时候还会看到海市蜃楼,被蚂蚁活活吃掉。不要去,千万不要去。我们绝对不去沙漠。"

旅行社的阿姨说:"迪格比女士,沙漠行程不是强制的,会有经过培训的向导带您去,坐的是开足冷气的客车,组织得非常好。"

"谁都不想被蚂蚁活活吃掉,但就怕万一,尤其当那是撒哈拉大沙漠。你们还有什么推荐?"

"特内里费岛的天气已经转暖了。"

这座岛隶属西班牙,因靠近非洲海岸而长年炎热,尤其是南部。北部较为多雨,只因岛中央有一座叫泰德的高峰,峰顶积雪,入夏也不化。我把这一切都告诉了妈妈,她似乎很感兴趣,但是我不该多嘴,补充说泰德山不单是一座普通的山。

"居然是座火山?!"妈妈叹道。

"只是死火山而已。"旅行社的阿姨连忙说。

"到底是死火山还是休眠火山?"妈妈追问。见她还懂点地理,大家都觉得很意外。

"有什么区别呢？"旅行社的阿姨问。

"事关生死。"妈妈说。

旅行社的阿姨只好举起美国佛罗里达州的宣传册。"超人气。"她微微一笑，没有详说。

妈妈瞅瞅我，我一声不吭。

妈妈又瞅瞅旅行社的阿姨，后者又笑了笑。

妈妈最后瞅瞅爸爸，爸爸也想保持笑容，妈妈抬起了眉毛，爸爸再也装不下去了，只能坦承："水里有短吻鳄。"

接着，去土耳其、塞浦路斯、意大利和希腊的行程都被否决了，因为土耳其会地震，塞浦路斯的热带鱼有毒，意大利有黑手党，希腊会沉船。最后，我们站在旅行社门外，妈妈深吸一口气，说："好吧，什么地方都没去呢，我就想回家了。"

爸妈决定忘掉度假的事，改为重新装修厨房。爸爸指出，假期只有一两个星期，但新的厨房却能一直用下去。于是，我们没有跟着组织完善的旅游团坐空调车去撒哈拉大沙漠，而是去了"沥水天地"看花岗岩台面。

"这款有点贵，"导购说，"但物有所值，是纯正的意大利花岗岩。"

台面差不多呈蓝色。我盯着它，思考着。这是火成岩，来自意大利地下的岩浆岩。它这一生比我过得还丰富。

爸爸问："利亚姆，你怎么看？"

"挺好的。岩浆岩总不会错。是岩浆岩吧？"

导购说："我看不像。都灵的供应商今天刚运来这些。"

我说："是用岩浆的结晶做成的。"

"怎么会呢，孩子。这是纯正的意大利花岗岩，不是做出来的。"

"几百万年前流出地幔的岩浆，熔融的岩浆在地壳凝结，转变为晶体，大概过了十亿年左右，便沉积在水平层之中，最后好不容易被意大利人挖上来，再弄碎，送到'沥水天地'，而我妈妈刚盯着它看了五分钟，评价它'这颜色我拿不准'。"

导购望了望我爸爸，他只是耸耸肩："他在学校是尖子生，就爱研究，上个月还在探讨全球变暖的问题。"

妈妈说："我儿子说得对，我确实拿不准这颜色。"

这下我非但去不成突尼斯，还不能独自放学回家。爸妈开始接我放学，简直把我当成了囚犯。"小星星"剧团里的人为《邻家巨人》付出了很多心血，要不是因为我不参加，这剧就得遗憾地取消，我甚至都不能再去演戏了。

莉萨尽量好声好气。"你是明星了，"她说，"你有自己的化妆间。"说完把我推进后台的小房间，里面没有窗户，只有一把椅子、一包腌洋葱口味的太空游侠薯片和一瓶蓝色熊猫汽水。太空游侠牌薯片是市面上最便宜的，吃进嘴里不像脆脆的薯片，一碰到舌头就变得软塌塌。薯片上的调味粉似乎会掉下来，在口袋底混成一团，用手去挤还会发出吱嘎吱嘎的响声。熊猫汽水的蓝色装是覆盆子口味的，但里面气太足，根本喝不出味道，所有的感官都被麻痹了，满脑子都是"嘶嘶"的气泡声，之后还会不停打嗝。要是谁喝了这个演邻家巨人倒还好，因为那本身是个爱打嗝的角色。

我记起自己坐在那个小房间里，仿佛全世界都消失了，只剩自己坐在一把椅子上，独自绕着一颗恒星转。熊猫汽水星。我坐在一个狭小的密闭空间内吃着化学合成物——原来，我在"小星星"剧团的经历竟成就了难得的宇航员训练。

幕间休息时，我捣鼓着德拉克斯世界导航，首先察看了"一号机"的位置，了解下爸爸在哪里。他就在观众席。之后，我察看了世界上所有叫滑铁卢的地方，想选出一个最喜欢的。到底是塞拉利昂的那个更好，还是特立尼达和多巴哥的那个呢？正在我犯难的时候，手机响了，里面传来一个非常亲切的女声："您好，德拉克斯通信来电，我们发现您使用导航的习惯非常有趣，如果您现在有空的话，我们想问您几个问题。"

距离第二幕开演只有两分半钟了。

"请问您是否去过您最近搜索的地点，比如塞拉利昂的滑铁卢？"

"没去过。"

"西伯利亚的滑铁卢呢？"

"没去过。"

"比利时的滑铁卢呢？"

"没去过。"

"您近期打算去这些地方吗？"

"嗯，"我说，"这些地方我都想去，但我不知道'近期'有多近。"

"我们还发现您最近搜索了很多主题乐园和游乐项目。"

"哦，对的，奥尔顿塔、欧洲迪士尼、美国六旗、飞越——"

"世界上的主题乐园几乎都被您搜了个遍。您为什么这么喜欢主题乐园呢？"

"因为玩过以后会有进入新世界的快感，我很喜欢。"

"那么您想带孩子一起去玩吗？"

她根本没见着我，就以为我是大人了！我便把声音压低一点："我想啊。"

"您孩子多大了？"

"十一岁。"

"很好，谢谢您。最后问您一个问题：您怎样总结您的育儿哲学？"

"我的什么？"

"您对孩子最大的期望是什么？"

"嗯……"我不记得自己纠结过这个问题，于是脱口而出，"我希望孩子能把全世界想象成是一个游乐项目。"

"哇，"电话那头的阿姨说，"您这想法太美妙了。"

我心里在嘀咕，这想法是很美妙，可我不知它是从哪儿来的。

"感谢您接通电话，迪格比先生。稍后再联系。"

对方说完挂断了。在《魔兽世界》里，打败敌人以后就能去捡他们掉落的东西，像是钱、盔甲之类的，有时会有意外之喜，比如某种法力或是法师药剂，同时浑身会有新的能量涌过。打完刚才那通电话，我就是这种感觉。我知道天大的好事要发生了。

几分钟后，莉萨敲了敲小房间的门，喊道："邻家巨人请上台！"

我跟着她走到舞台侧面，这时来了一条信息。莉萨气冲冲地说："老天啊，快关掉你的手机。"

"马上就关。"

"还是把手机给我吧。"

"行，无所谓。"我灿烂地一笑，因为信息是这么写的：

> 您已被选中参与一项特别的竞赛，获胜者将成为孩子眼中的英雄。中国新造了一座独一无二的主题乐园，名为"无限乐园"，园内处处可见独创的设施，叫人叹为观止，包括史上规模最大的游乐项目——冲天火箭。将有四位父亲和他们的孩子前往体验这座乐园，更有机会游览当地景点。
>
> 千万别错过成为史上最伟大父亲的机会。请在格林尼治时间明天中午以前拨打这个秘密号码，查看您是否成为四位幸运赢家之一。切勿把号码泄露给他人。
>
> 唯一需要您做的是——拨通电话。

等戏演完，观众鼓掌完毕，我还是笑嘻嘻的。莉萨说，我是她见过最有亲和力的邻家巨人。妈妈也说："我太喜欢了，你在台上好开心！"

一家人都上车了，我把信息拿给爸爸看。"中国……史上规模最大的游乐项目……成为史上最伟大父亲的机会。"光是读着就有种进入新世界的快感。

我以为爸爸会跳上跳下，兴高采烈地说："利亚姆，快带上防晒霜。"但匪夷所思的是，他摇了摇头，仅仅抛出了一句："没人真能赢得这种机会的。"

"总要有人赢吧，否则怎么会打广告呢？当然得有人胜出。拜托，不就是打个电话嘛。"

"电话是能打，但会打很长时间。这只是在忽悠你拨付费号码，打通了，电话那头什么也不会有，只有语音提示你别挂断，再放一段好听的古典乐。你打多久，那边就收你多少钱。"

"可电话里说我是被选中的。"

"没错啊，除了你，还有千千万万个别人。"

爸爸把信息给删了。

回家路上，我们路过购物中心。我抬头一望，一颗星星也看不到。我在心里念叨着，自己可能一辈子都出不了布特尔。而此刻我和布特尔的距离却比任何活人都远，想想就很滑稽。

那天晚上，爸爸希望一家人能在新装修的厨房里玩《大富翁》。居然是《大富翁》！谁能耐着性子玩到最后啊？大部分人玩了几局不就无聊得晕过去，六个月后醒过来时手里还握着一堆旅馆地产。玩《妙探寻凶》还差不多，谁要玩《大富翁》！

"都坐下，"爸爸说，"不会没意思的。一家三口聚一聚，好久没玩游戏了。"

我说：《大富翁》根本不算游戏。"

"既然有纸板和骰子，为什么不算游戏？"

"因为根本什么也不会发生啊。上厕所的时候还能叫别人代你玩，根本不会有差别。你能想象叫别人代你下棋、玩《妙探寻凶》，或是踢足球吗？要我说，《大富翁》就是我的真人生活：总是在同样的街上走来走去，兜里的钱永远不够。"

"所以你不想玩？"爸爸问。

"不想。"我站起身，准备去打几小时《魔兽世界》。

"总是这么扫兴，"妈妈说，"我可是刚提起兴致，这就结束了。"

"你就不想和现实中的爸爸妈妈玩几局'大富翁'？"爸爸问，"你不是会通宵和看不见的网友打'魔兽'吗？"

"我就没几个现实中的朋友？"

"谁让你总是骗他们干非法的事，还盯上大马力跑车。"

"不对，"妈妈说，"他又不是次次都这样，只有一次而已。

"一次还不够？！"

等我登录"艾泽拉斯"召唤出"行者战队公会"，他们还在争个没完。

正当我们跟着商队穿越"诅咒之地"，我的房门开了，爸爸探头进来。"听着，"他说，"之前真是对不起，如果你不想玩《大富翁》，那就别玩了。来玩'魔兽'吧。"

"噢，太感谢了。不过'魔兽'不是那样玩的。"

"那要怎么玩？"

我试着向爸爸解释《魔兽世界》的游戏规则。不过说实话，该从何说起呢？他连角色是什么都不知道。

我说："像《大富翁》里那种礼帽形状的棋子，你会一直操控它。不过'魔兽'的玩法更复杂。你看，屏幕上那个精灵就是我。"

爸爸眯起眼睛瞅着屏幕。此刻，广袤而荒芜的诅咒之地上有几百个角色。我把自己的角色指给他看，向他介绍其余的公会成员。我们几乎都是佩戴重型装备的暗夜精灵。他似乎很佩服。

"你看，"我说，"《大富翁》里得赚钱，这里也一样。不仅要赚钱，还要增强体能，拿到技能和经验。之后……就拿来做任务。"

"什么任务？"

"各种各样的任务。有些很危险、很复杂，有些却很简单。你会遇到险境，也会碰上怪兽。有时怪兽很难打，只能逃走或求救；有时会有低等怪，那还能打。任务做完以后，就能获得经验和新的技能，体力和财富可能也会增加，这样就可以升级了……"

"什么？

"瞧，我现在是四十级的精灵，想升到七十级，就要去打很难的怪兽，这就叫打副本。我们现在就在副本里打这条龙。"

龙设了埋伏，但行者战队毫不畏惧，架势行云流水。龙很快就死了，不过我方也损失了两名战士。这不要紧，我不缺恢复的能力。我让他们复活，一同洗劫了龙的宝藏。

这是我脑海中的想象，爸爸自然不懂。在他眼中，我不过是坐在电脑前飞快地点击鼠标，发出响板般的声音。

"宇宙无敌了！"我喊道，"快看看我们发现了什么！好几瓶法师药剂！服用后进入副本，脑力能翻倍。"

"利亚姆，所以你是一个拥有恢复法力的精灵？"

"也不是，但在游戏里我能拿到经验和体力，这样就能做任务。回到现实中，你可以装成熟，像大人那样刮胡子，成为尖子生，但还是得坐在班上被同学叫成'怪胎'和'金刚狼'。"

爸爸会心地点点头。他打开我的档案，仔细查看我的角色。

"上面说他偏矮？"

"长得矮才更灵活，还方便潜行。"

爸爸说："一个有很多朋友的偏矮的魔法生物？嗯……很不错的角色配置。晚安。"

我还想跟他讲讲"艾泽拉斯"的历史，介绍各大部落和联盟，但他只是说："今晚就这样吧，还是谢谢你。你继续做任务，别熬到太晚，明天还要上学呢。"

等他走了，我才发现他把手机落在了我的台子上。我拿起那部手机，想起自己的手机跟它是同步的，爸爸从我的收件箱里删掉的号码依然保存在他的手机里。于是我把号码拷贝到了自己的手机。

我没有挂断电话

第二天坐校车去学校的路上，我打电话过去。我看着车窗外的路人，有的在邮局门口排队，有的站在人行道上，有的进了24小时营业的乐购超市又走出来。他们的眼神里都没有天选之子的自觉。我一定要赢。于是我拨出了号码。

一个嗓音亲切的女声马上接了电话："这里是德拉克斯通信。您想成为史上最伟大爸爸吗？"

"想，真的想。我都想了一整晚了……"我叽里呱啦说了大概一分钟，才意识到这个女声只是录音。

"……如果您接受本次竞赛的规则和条件，请按星号键。"

我照办了。

"我们会尽快接通您的电话。请勿挂断。谨记：只要等候电话接通即可。"

手机里开始播放古典乐。半小时之后，校车停在了校门口，但音乐还没停，那个亲切的女声会偶尔插入："您的电话意义重大，请勿挂断。"肯定有很多人在等。没准爸爸的话是对的，我也许没那么特殊。

我走进学校，忽然收到一个信息提醒："恭喜！首位中奖者揭晓！"

恭喜？！恭喜谁?

　　首位中奖者是来自德国汉堡的克劳斯和他的女儿安娜。爸爸说安娜的两大爱好是坐过山车和帮助别人："有一次，为了替地方上的医院筹款，她在欧洲迪士尼坐了十二个小时的'飞越太空山'。她希望这回能有人赞助她坐'冲天火箭'，为世界上饱受战争摧残的儿童筹款。她的同学听说以后都想助她一臂之力。他们知道电话很难打通，于是就提早到校，一起打电话。有个男生打通了，马上就把手机给了安娜。安娜的中奖实至名归。"

换句话说，她作弊了。

我在签到的时候还没挂上电话。周围很吵，没人能听到手机的响声，但第一节课是朱厄尔老师的数学课，课上通常很安静，就像这样：

　　朱厄尔老师：64的平方根是多少?
　　全班久久的寂静。
　　朱厄尔老师：有同学知道吗? 知道就回答。
　　全班安静良久。

为了弄出点声音，我尽量回答老师提出的问题，免得她留意到我的手机。她问我们怎么计算圆柱体的体积，我不禁扯开嗓子说：“老师、老师……”

“利亚姆，即使没人主动回答问题，你也不要大喊大叫。现在没人跟你争，你不用吸引我的注意。”

“好的，老师。总之，是用 π 乘以 —— ”

“谢谢你，利亚姆。我知道答案，也知道你都懂。我只想问问别的同学懂不懂。”

“韦恩可能懂，老师。他数学很好，但他总是没有自信 —— ”

“利亚姆，你在几何方面还挺有见地，这固然很好，但议论同学就不对了。”

“我是说如果要计算圆柱体的体积，要用 —— ”

“别绕回去，利亚姆，让别的同学回答。”

“好吧，老师。”

“那么……有别的同学知道圆柱体的体积要怎么计算吗？谁会？”

过了很久，没人回答，但是从某处传出了轻微的管弦乐音。

朱厄尔老师皱起眉，上看下看，似乎以为声音是从隔壁或头上传来的。最后她问：“有谁听到音乐了吗？还是下凡的天使终于要把我带走了？”

我听了哈哈哈地笑起来，笑声太响，时间也太长。班上没人跟着我笑，所有人都盯着我，朱厄尔老师也不例外。她看了看我的口袋，问：“是霍尔斯特吧？”

我连忙说：“不是，是我在放音乐。”一边想：霍尔斯特是谁？

"这支曲子是古斯塔夫·霍尔斯特写的，叫《行星》，不是什么烂大街的俗歌。你为什么要放这个呢？"

"嗯，我看到电视上说，把古典乐当背景乐听能舒缓头脑，增加神经元突触的联结，使人变得更聪明。这肯定有用的，老师，你看我早上回答了多少问题……"

朱厄尔老师正和着音乐旋律哼唱。我把手机拿出来，让她听得更清楚。我问："老师，曲子为什么叫《行星》？"这就有点钻牛角尖了。但她是老师，喜欢别人问问题。

接下来的一整节课，她一口气不停地讲了关于音乐、希腊神话和太阳系的知识。她试图解释海王星距离地球有多远，同学们听了都倒吸一口气。她说："跟恒星比起来，海王星已经很近了……"然后在黑板上大算特算，用千米和光年来表示最近的一颗恒星距离地球有多远。这是她上过的最生动的一节课。

不过，直到下课我的电话还没挂。

另一条消息提示来了：

> 第二位中奖者是来自塞拉利昂滑铁卢的萨姆森二世·杜尔。萨姆森二世是全国最聪明的男生，他的班级近期布置了有关水利灌溉的地理作业，尽管也有其他男生拿优，萨姆森二世的设计则更为出众，还被政府买下。他爸爸说："要严格要求孩子达成目标。我和萨姆森二世都乐于设置目标，比如他十岁生日那天，他便下定决心要成为国家总统。我要求他赢下这场比赛，他就写了一个电脑程序，跳过了等候接通的步骤，

直接打给了接线员。虽然他对露天游乐项目并不感兴趣，但他很期待能利用这次机会研究世界上的一大奇迹。"

对不起，但你已经生活在塞拉利昂的滑铁卢，而不是布特尔附近那个，还有什么必要去看世界奇迹？你们有丛林和河流，而不是布特尔的煤气厂和便道。这就好像美国科罗拉多国家公园的大峡谷想亲自来我卧室观看天花板上的裂缝。

现在还剩两名幸运儿没有公布。下一条提示在吵闹的课间发来了：

第三位中奖者是法国里尔的马克斯·马蒂内。马克斯的爸爸很讲纪律。"现在的小孩都很放肆，也没人去管，"他说，"只有马克斯与众不同。我一定要他按吩咐办事。不听话的小孩就该惩罚，听话的小孩就该奖励。马克斯做事一丝不苟。我要求他赢得比赛，他便做到了。"

瞧？这些小孩都得到了家长的帮助。而我爸爸人呢？还在洗出租车。

下一节是米德尔顿老师的媒体研究课，他显然很讨厌我。课上，我们看了介绍洗衣粉广告历史的 DVD，没人听到我的手机在放音乐。已经三个小时过去了，我还是没挂电话，难道就这么算了？不行。可我接下来收到的信息，才真的让我有了放弃的心思。

比赛只有四名赢家，最后一人揭晓了：

新的中奖者诞生：来自波斯尼亚的哈桑·仙拿度。哈桑的爸爸埃德海姆说："童年本是快乐的，如果得不到想要的东西，我们怎么快乐得起来？所以哈桑的要求我都会满足，不就是花点钱嘛，总会有来钱的办法。比如，他平时喜欢玩刺激的游乐项目，这回'冲天火箭'造好了，他就想第一个上去。于是我找到了想要做慈善的那个小姑娘的号码，给她打了电话，出了比赞助方多出一倍的价钱。得来全不费工夫！是人总可以用钱买通的！"

如果比赛结束了，音乐就会停下，热线也会关闭，可我手机里还在放音乐，于是我意识到，假如哈桑的爸爸买走了第一个德国女生的席位，那哈桑就不是第四名赢家。

他只是顶上了第一个人的位置。

因此还有最后一个机会。

这时音乐停了，手机里响起了"嘟"的声音。电话通了！我把口袋里的手机拿出来，准备讲话。

忽然有人把手机从我手里夺走了。当然是米德尔顿老师干的好事。

我恳求他不要挂电话："我正在等这个电话接通，老师，从早上八点一直等到现在。"

"上课不准用手机。这是学校一贯的规定，也是基本的课堂礼貌。你应该知道的。"

"求求您，别挂电话。"

我已经听到电话里那个女声了。通了！

米德尔顿老师猛地关了手机，冲我冷笑道："你说说看，在20世纪60年代，奥妙为了推广洗衣粉所采用的新思路都有哪些关键之处？"

"您问我有哪些关键之处？"

"给你一个提示：泡沫。还不知道？哪种泡沫更持久？想出来了吗？没有吧？你根本没在听讲，是不是？那你在听什么呢？是你脑子里的小声音，还是手机？不妨告诉我们都说了些什么。"

这个问题的难度等同于打七十级的怪，应该见到就逃，但我还是迎了上去："近来的研究表明，未来一百年内小行星撞击地球的比例仅为五千比一，然而随着时间的流逝，这件事发生的可能性会越来越大，一颗巨型小行星的撞击会导致全球物种灭绝，因此奥妙洗衣粉的泡沫持不持久压根无关紧要，也没人会关注你是不是天选之子。"

打怪之前，有时不需要先用法师药剂，你直接走到怪物面前，自然会有药剂掉落。

米德尔顿老师索性把我赶出了教室。

爸爸要带孩子

那天晚上，我终于取下了那个叫"把太阳系带回家"的夜光挂件。这玩意儿在天文学意义上并不靠谱，甚至这个"太阳系"里还保留着冥王星，然而是人都知道，冥王星已经不算行星了，尽管它比小行星大，但够不上行星的规模。它简直什么也不是了。

这就好像一个人高得不像个小孩，却还没长成大人。

这时手机响了。

一个亲切的声音传了过来："您好，这里是德拉克斯通信。您还想成为世界上最优秀的爸爸吗？"这回，我乖乖等着他们给出选项，但他们没有。对方停顿了一会儿，说："您在听吗，迪格比先生？"

"噢，我在听呢。我是叫迪格比，您是哪位？"

"我是迪纳·德拉克斯博士。我一直在等您的电话。"

"您一直在等我的电话？

"对。"

"今天上午我打了你们的电话，等接通等了快一年。我猜一定排了一百万人呢。"

"我告诉过您，您是特别的候选者。您不相信我吗？"

"我相信，可是……等的时间也太长了。"

"我特意想跟您分享那首曲子。"

"嗯……多谢，很好听。"

"这也是在考验您的耐心。本次行程中，耐心是必不可少的素质。"

"哦，我可以有耐心，真的。我能一连坐上好几个小时。"

"那很好。恭喜您通过，迪格比先生。"

"天大的幸运啊。"

"星期二早上八点，会有专车去您登记的地址接您……"

"德拉克斯博士……这个'冲天火箭'，究竟是什么项目？是弹射椅，还是过山车？还是……"

"等着瞧吧。这个项目可以锻炼您的耐心。另外，还请您稍微介绍一下您要带的孩子的情况……"

我完全忘了还要带孩子这回事。

"……希望是女儿。小姑娘太少了。"

"哦，我是要带女儿去，反正都听您的。"

"她叫什么？"

"您说谁？"

"您女儿，迪格比先生。"

"我女儿？"是时候"打怪"了。我说出了自己唯一一个"女儿"的名字："佛罗里达，她叫佛罗里达。"

如果利物浦的游戏等级只有两级，那么中国的秘密基地至少也有五十级。我不能再犯上次的错误了。这次，我要在升级之前先精进技能。"魔兽"里有武器技能、采集技能和交易技能，还有采矿技能——不过最后这个有点垃圾，玩家还得买一把镐。

如果我要假扮佛罗里达的爸爸接下本次任务，那就得配备当爹的技能。

我把爸爸放在床头柜上的书全看了，基本是快干无味浴室油漆的色谱，里面列的名称都挺夸张，比如这个"南极光"。另外有一本书叫《怎样和青春期的孩子沟通》，作者通篇都在出谋划策，好让父母哄骗十几岁的儿女跟他们交流。

简，直，难，以，置，信。

这就好像在寻找四代太空飞行模拟器的作弊器。然而这本书里提到的可不是游戏，而是我的人生。看看这段：

> 您青春期的孩子有时是不是比较闷，不爱说话？每日的三餐就是最自然的沟通时段。为了营造最轻松的氛围，您应该在饭前关掉电视，精心准备食物。好吃的饭菜更能留住您的孩子，一块比萨没一会儿就会被分光，一盘腌鱼就不一样了，孩子们会在餐桌边多待足足半小时。

换句话说，每日的三餐就是陷阱。一盘腌鱼摆在面前，有哪个头脑正常的人会上钩？

书里还写道：

> 对孩子的世界展现出兴趣，是非常重要的。平时

要问问孩子都有哪些朋友，了解孩子爱听的音乐、爱
读的书和爱玩的电脑游戏。

所以其实爸爸对"艾泽拉斯"的历史和"行者战队"的武器
一点兴趣也没有！他只是想跟我谈天而已。

之前我真该意识到这点的。我花了几天仔细观察爸爸说的话，
发现里面的套路都能用五个标题来概括：

1. 怎么去一个地方。

2. 停车方不方便。

3. 以前是什么样。

4. 有什么值得思考的地方。

5. 怎么和昨晚的足球赛扯上关系。

比如，周六早上我们去了新海滨购物中心看厨房橱柜的新把
手，尽管没有找到理想的，但还是买了一个很搞笑的仙人掌花盆，
是个驴的形状。爸爸说了下面几番话：

1. 大路太堵了，还是用走的吧。

2. 停两小时的车就要收两英镑！找停车位还得半小时。

3. 以前，如果在商店里买不到合适的橱柜把手，就只
能空手而归。而现在，即便购物中心里买不到门把手，
照样能买仙人掌花盆，而这就不得不引人深思下面这
个问题……

4. ……我们现在真的比以前快乐吗？就因为买了仙人掌花盆？又不是仙人掌。

5. 频频失球的球员，进再多球也没用。我们需要一名厉害的中卫。

这五个标题适用于一切情况。比如，让爸爸去"艾泽拉斯"，他可能会说：

1. 乘矿道地铁去暴风城的矮人区。

2. 地铁免费，而且很可靠，不用担心停车难的问题。但那里遭到了不死天灾的袭击，好多人都被杀了，幸好我的公会成员都有恢复的能力。

3. 我们小时候才没有"艾泽拉斯"这个地方呢。非要玩奇幻游戏，也只能拿根柴当剑使，假装骑在马上到处跑。举着柴真的痛死了。

4. 我们看上去非常傻，但也能呼吸到很多新鲜空气。

5. 金钱毁了足球。比起训练，球员更喜欢花时间做美发产品的广告。

我觉得自己已经能做第一级的爸爸了，当务之急是找一个女儿回来。

你去了就会喜欢的

要说找女儿，我第一个想到了佛罗里达，毕竟她拥有丰富的"假扮利亚姆女儿"的经验和技能。

然而，在保时捷展厅里的那段经历却差点害她陷入巨大的危机，所以我知道，这回可能需要稍稍哄哄她。

我在学校里尝试跟她说话，她要么对我不理不睬（其实她一直都这样），要么就像条眼镜蛇一样冲我嘶嘶叫。我给她打电话，发现自己的号码被她拉黑了；给她发邮件、发即时消息，一律被退信。我抱着试试看的心理，坐在新海滨购物中心的水景旁边等她，可她压根儿没来过。我觉得似乎看见过她一次，但她先瞅到了我，于是躲到比萨斜塔模型的后边。

这不算什么。为了做任务，就得努力刷新装备，免不了要掘金、苦干，还要和巨怪战斗，掠夺他们的财产。没得到想要的东西，就不能罢手。

有一个场景下佛罗里达不得不跟我说话，那就是"小星星"剧团。那个周六，莉萨让我们男女搭档，演一对父女。佛罗里达不想和我组队，我跟到她身后，对她说："你可以扮出演《蜘蛛侠3》的女星布莱丝·达拉斯·霍华德，我就扮你爸爸，执导过《阿波罗 13 号》和《达·芬奇密码》的朗·霍华德。"

"她在《蜘蛛侠 3》里演了谁？"

"就是康纳斯博士的量子力学课上的那个女生，她喜欢上了彼得，后来被彼得救了，没被掉下来的起重机压死。电影里是这样。原本她和彼得上同一所学校，也是彼得的初恋，后来被绿魔扔到桥下，死了。不过这是漫画里画的。"

"我记得她有一头金发，她老爸是名人？"

佛罗里达并不知道几对名人父女，她当然不想放过这对。

这时莉萨发话了："爸爸要给女儿一个礼物。具体是什么由你们决定，但要让女儿喜欢。我希望你们的表演能快快乐乐，有些惊喜，两人要相互理解。男生要演得成熟一点，但别太过火，也不要去刻意演年纪大的人，因为没必要扮老。"

我们一开工，佛罗里达就说："好吧，那你就演我的名导演爸爸，你要给我的惊喜就是在你的新电影里给了我一个角色。"

"爸爸是我演，到底给你什么惊喜应该由我决定。"

佛罗里达马上表示怀疑："那你要给我什么惊喜？"

"走着瞧。"

轮到我们演的时候，情况是这样的：

佛罗里达：嗨，爸爸，今天片场怎么样？

我：我觉得很好啊，布莱丝。我给你准备了一件礼物。

佛罗里达：哇，爸爸，你太有心了。等等，我知道是什么了。你想让我参演你的新片，对吧？

我：不对。

佛罗里达：可你明明说——

我：嗯，其实不是那样的。我的礼物比那还要好。

佛罗里达：可是你没忘吧？我演完《蜘蛛侠3》已经赚了很多钱了，别的小姑娘想要的东西，我基本上全有了。

我：我想放个短假，带你去一座主题乐园玩，就我们两个人。

佛罗里达露出了迷惑不解的表情。

我：那座主题乐园是新造的，有一个项目是全世界最刺激的，我们收到邀请，可以第一批试玩。（放低声音）实话跟你说，这件事千真万确，因为我赢了一场比赛。

漫长的停顿。过了一会儿，莉萨问："这就结束了？"

佛罗里达（迷惑不解的表情隐去，露出恼怒的表情）：爸爸，我去不成。

我：怎么会去不成呢。一定会很好玩的，毕竟一生只有一次。收拾行李跟我走吧，千万别错过。

佛罗里达：我档期排得很满，要演很多片子，实在走不开，你知道的呀。

我：但是这个经历真的一生只有一次啊，乐园开门的第一天我们就能进去抢先体验那些项目！我没骗你。

佛罗里达：我还是不行。

我：你去了就会喜欢的。

佛罗里达：我不想去。

我：去吧，就我们父女俩，像小时候那样。

佛罗里达：你要跟我一起去？

我：对啊，就我们父女俩。你以为呢？现在你总是在演戏，我总是在拍摄，我们根本没有相处的时间。

佛罗里达：好吧，你怎么不早说。我是真不能去。

我：为什么？

又是一段漫长的停顿。莉萨提示："你继续，佛罗里达，说说原因。"

佛罗里达：因为我就是不想去呀，我不都说过了，你都当耳旁风吗？

我：我只是想送你一件好礼物。我还以为你会乐意和爸爸一起去度假。

佛罗里达：哎，我怎么会乐意。我忙别的事都来不及呢。

莉萨评价这出戏非常真实，非常动人。"我挺为爸爸感到难过的，他明显想和女儿多待一会儿，可女儿却忙得抽不开身。利亚姆，你演得……实在太像爸爸了，简直是爸爸附体，真的很像我爸爸。他总是说我会喜欢的，可真的到了那儿，我……不好意思。"她不得不停下话头，因为已经潸然泪下。终于，她使劲吸了一下鼻子，然后看着佛罗里达，说："佛罗里达，你也演得很棒，你真的……"话还没说完，她冲出了房间。

莉萨出去后，我马上开始向佛罗里达推销这趟行程："首批入园，首批试玩，走特别通道，不用排队，吃的免费。"

"可是为什么啊？他们干吗邀请你？"

"是奖品。我是天选之子。"

"那你干吗要我去？"

"嗯，因为奖品是给爸爸和孩子的。"

"所以呢？"佛罗里达懵了一下，紧接着明白了，"哦！原来如此。不要！千万不要……"

"怎么了？我们以前不都是这样干的？"

"是没错，我们以前都是这样干的，但后来差点出了车祸。"

"没有的事，我们只是坐在车里，然后我爸爸来了。"

"那万一你爸爸没来呢？我还是不要，绝对不要。"

下课以后，佛罗里达还在说不要。我们急急忙忙穿过新海滨购物中心，我说："喂，你想不想去'新闻和酒'看杂志？跟以前一样。"

"不想。我要去托儿所接我弟弟。"

"你还有弟弟啊，我怎么不知道。"

"你不知道的事儿多了去了。"

佛罗里达的弟弟今年三岁，满头鬈发。我们去托儿所接他，看到他穿了一件滑雪衫，拉起的兜帽紧紧包着脑袋。他手里拿了一根树枝。

"他现在可是骑士，"佛罗里达说，"以兜帽为头盔，以树枝为宝剑，要是我跟他说你是一条恶龙，他准会杀了你。"

小男孩牵住了我的手。

"你叫什么？"我问他。

"奥兰多。"

"我爸妈就是去奥兰多度的蜜月。是美国的奥兰多，那里有一家迪士尼乐园，还有海洋世界和魔法王国。"

"但是我赢了入场票的地方比这些都好玩。"

"你怎么知道？"

"因为那里有一个游乐项目叫'冲天火箭'，它是世上规模最大的游乐项目，史无前例。"

"那你怎么不带你爸爸去？"

"他不想去。总之，当爹的人是我，这才是重点。"

"利亚姆，你看，你长得是很老成，但没人真会以为你是我爸爸。我只比你小三个月！而且你的行动也没有爸爸样。爸爸才不会偷跑车。"

"我没偷啊，只是坐在里面而已。不管怎么说，我一直在进行研究。"

"那你最近在研究什么？"

"研究怎么当一个爸爸。我以我爸爸为科研对象，把他 iPod 里的播放列表都拷贝进了我的手机。你看，全是绿洲乐队。我已经把歌词都记下来了，这下就能像爸爸那样唱歌了。听好。"

"啥？"

"我还在追踪他的对话和生活方式，以便能像爸爸那样讲话。想不想听？"

"这我已经知道了。他们会说：'你几点回家？……别弄得太晚……我去接你吧。'"佛罗里达扭头对着我，"我爸爸很贴心，也会照顾我，我说要去主题乐园，他不会无视的。"

我插话道："啊，想起来了，我还写了两封信……"我把信件从"小星星"剧团的文件夹里取出来，"一封假装是你妈妈写给学校的，就说你要做阑尾手术；还有一封写在学校的信纸上，假装是年级主任写的，就说你被选中去湖区参加培优班。"

我们拐过一个转角，来到一个小院子。两三个男生在踢足球，伊比扎坐在墙边。前面肯定是佛罗里达家，可我仍没有说服她。

她已经打开家门，让奥兰多和伊比扎进去。我很好奇她爸爸在不在家。看来是不在。"他很忙，"佛罗里达说，"真正的爸爸都忙，这你知道吧。"说完她关上门，把我留在门外。

说实在的，这回可没我想象的容易。我决定最后试一次。于是我把来自学校的信丢进信筒，大声喊道："看看信吧！那地方很棒的。"

众所周知，滑铁卢中学长期以来都与南湖区活动中心保持着友好关系。现在，七年级学生将有机会参加活动中心的培优课程，包括皮划艇、速降、徒步、捕鱼、砌墙、自然研究等。本课程规模有限，您的孩子是少数几个入选者之一，将获得教育机关的全额赞助，无须额外付款。机会只有一次，我们相信孩子将从本次体验中获益。请在下方的表格上签字。

没过几分钟，佛罗里达来开门了。我还以为她动了心，可她只是说："你绞尽脑汁，就是为了去玩游乐项目？"

"嗯，不止。我告诉你，那个乐园不在布特尔，你一定要去。交通都安排好了，他们还会派豪车来接。"

"豪车？真的？"

她总算感兴趣了。

"真的，就像明星坐的那种，你肯定知道。"

"主题乐园在哪里？"

我说："嗯，就在南边，要办护照。你有吧？"

一阵等待后，佛罗里达终于说："我会考虑的。"

我自认自己这样说着实巧妙：只对她说那地方"在南边"，而不说具体有多远。

我没有透露那地方其实很远，自然也没有提到之后还要再往东边走一大段路。毕竟乐园在中国。

各位幸运的赢家，你们好

只学爸爸的口吻并没有用，还得打扮成他那样，所以，星期一夜里我看了看他的衣柜。除了星期日，他天天都穿同一条牛仔裤，哪怕他其实有四条。其中一条腰口太紧，一条是他想试试新鲜颜色的时候买的。那条裤子是一抹不同寻常的蛋奶糊颜色，如果有一条变色龙想藏身于蛋奶糕点，那这个颜色的裤子会很适合它。我知道爸爸不会想起这条牛仔裤，所以就把它塞进了妈妈买给我的特制防水户外背包，心想终于能去湖区了。

星期二早上七点二十分，我给佛罗里达发短信："豪车来了。"十分钟后，她来敲我家的门。

"豪车到底在哪里？"她没好气地问，"我知道都是你瞎编的。"

"佛罗里达，你好。"爸爸过来招呼道，"你也一道去吗？"

"是的，迪格比先生。"

"我在煎培根呢。"爸爸说，"小客车还得再等一会儿，要不要先尝尝？"

"小客车？"佛罗里达瞪了我一眼。这时车子真的来了，像一条光滑的鲨鱼驶过拐角。确实是一辆加长的黑色轿车。

"天哪！"爸爸吹了声口哨，"学校的地理考察真的跟我们当年不一样了。”

"不是地理考察，"妈妈纠正道，"而是培优班。你没读那封信吗？"

"我读了，可是……真没想到他可以这么优秀，更没想到佛罗里达也那么有才华。"

佛罗里达愤愤地说了什么。妈妈立马接上："她当然有！你不记得了吗？她在《邻家巨人》里演了索菲，台词全背下来了。那是什么味儿？"

"哦，"爸爸说，"我在煎培根。"说完跑回了厨房。

这时，一个男人下了豪车，打开了后车门。街上的住户纷纷透过前门和窗帘看起了热闹。

佛罗里达说："我们走吧。"

我说了声"好的"，先跟妈妈吻别，再跟爸爸大声道别。我和佛罗里达坐进了豪车的后座，我回望了一会儿，看着站在门口的爸妈，还有从他们身后涌出的煎培根的炊烟和呜啦作响的火灾报警声。

妈妈喊道："麻烦照顾他，佛罗里达。"

我对爸妈说了"再见"，却没想到以后会再也见不到他们了，而这将成为我们见过的最后一面。

我和佛罗里达坐的可不是给什么单身派对准备的超长豪车，而是一辆精美的黑色四驱奥迪，车载的导航语音也很有礼貌，是一个婉转的少女音，会说"请"和"谢谢"，不像爸爸那个，只会说"左转……右转……停车……"，简直就是外星冲锋兵要来劫车。

司机叫巴尼，戴着特制帽子，身穿灰色制服。车的后座上放了两个大纸袋，巴尼评价道："这手袋很棒，就像参加奥斯卡颁奖礼，是不是？"

既然"豪车"这个词对佛罗里达有奇效，那么她对"奥斯卡"这个词会有什么反应也就显而易见了。据说名人去参加颁奖礼都会拿到一个装满赠品的手袋。如同佛罗里达迅速指出的那样，今天我们也过了一把名人瘾。

她靠在椅背上，看着轿车驶过的街道，说："想想看，普通人今天都在干什么？"说着，她在手袋里翻查，找到一部全新的德拉克斯手机、一只腕表、一副太阳镜和一件 T 恤，都是德拉克斯通信生产的，还有一盒带商标的巧克力和一部粉色的掌上游戏机（像是德拉克斯通信专为女生打造的）。

我在自己的手袋里也找到了手机。天哪，真是太棒了，里面自带"德拉克斯世界"和定制通话，后者可以用视频替代纯粹的铃声，佛罗里达选了一群人在摄影棚里鼓掌欢呼的视频当来电提示，那些人喊着她的名字，仿佛她是访谈节目的嘉宾。

不过成年人的手袋内容跟儿童的也有不一样。里面没有巧克力和游戏机，倒是有一张租车券、一本高尔夫球课的小册子和一张蓝色的类似记分卡的玩意儿，可以用来帮助你测出自己的压力值级别。

我的评级结果是：相当放松。

车载导航出声了："在沿便道行驶的过程中，请花几分钟聆听一段来自主办人德拉克斯博士的留言：

各位幸运的赢家，你们好！真想马上在我们的秘密总部见到你们，希望你们旅途顺利。我之所以主办这次以父亲为主题的比赛，是因为我相信父爱也能有诸多体现方式。我满二十岁以后，父亲就把德拉克斯通信公司给了我。暂时说到这里，我在秘密基地等你们，希望能尽快见面。一会儿见。

博士名叫迪纳·德拉克斯，但我发现，连对真人秀阵容如数家珍的佛罗里达，也没听说过这个人。

"你怎么会没听说过迪纳·德拉克斯？你手机上不是装着'德拉克斯世界'嘛。"

"我不知道德拉克斯是人名，还以为只是一个词，像手机、梅赛德斯这种。"

"梅赛德斯也是人名，她是汽车设计师的女儿。"

"还是没听说过。她不是名人吧？否则就会出现在杂志上，是不是？"

"没上过杂志的名人很多啊。"

"都有谁？"

我报了一串名字。佛罗里达居然连这么多大名人都没听说过，太让我意外了。比如罗布·帕尔多、杰夫·卡普兰和汤姆·奇尔顿，他们是《魔兽世界》的开发者，彻底改变了网游产业，可她一个都不认识！还有托尔金，大名鼎鼎的《魔戒》作者！她甚至能把史上第二位登月的巴兹·奥尔德林跟玩具巴斯光年搞混。虽然认得出希特勒的姓氏，但她居然会以为致敬"元首"的那声

"万岁"是人名。

巴尼听见了，发出一声低低的嗤笑。

佛罗里达没好气地说："你到底在笑什……"还说没完，她改口道："哇！"

原来车子开上了一片田野。通常情况下田野的草地上出现的，应该是一只奶牛，但现在竟停着一架飞机。

"这可是里尔私人飞机！"佛罗里达说，"约翰·屈伏塔就坐过。"

巴尼笑道："你对二十世纪的领导人可能不太了解，但对名人的出行却很懂嘛。"

"这是谁的飞机？"佛罗里达问。

"今天它是你的。"巴尼回答。

我以为需要乘坐私人飞机会让佛罗里达怀疑无限乐园的地理位置。但这番名人待遇已经让她激动万分，忘了操心飞机要载她去哪儿。事实上，轿车还没停稳，她就已经站到了飞机的舷梯上。我对开车的司机道了谢，极力装成爸爸的模样。我从车座背后的口袋里拿了一份报纸夹在腋下，把头发往前梳了梳，这下感觉老成多了。

我走到佛罗里达身边，她张开双臂，冲我灿烂一笑。我搞不明白她在干什么，直到她咬着牙冲我说："拍照，快拍照，用你的手机。当爹的都这样做。"

"我爸爸就不。"

"我爸爸就是啊，他像狗仔队一样跟着我。"

"是狗仔，狗仔队是指一队人。"

"反正他不会纠正我说的话。"

当爸爸是一个竞技项目

有个娇小精干的女士正在舷梯上等候。她牙齿洁白，头发乌黑顺滑，就像"摩比世界"的玩具。她朝佛罗里达伸出手，说："佛罗里达·迪格比！幸会幸会。世上最好的爸爸有四个，你的爸爸就是其中一个，你感觉怎么样？"

"你是谁啊？"佛罗里达问。

"我是迪纳·德拉克斯。"那人说。

是德拉克斯博士本人！总算轮到我跟她握手了，我欣喜若狂得忘了松手。她肯定以为我要掰下她的一根手指当纪念品。我绞尽脑汁，就为了说句俏皮话，脱口而出的却是："我爱死您家的手机了。"

"很多人都喜欢，谢天谢地。"

"他总是在唠叨有关你的事。"佛罗里达说。

"但愿是在夸我。"

"不清楚，我从不听他的。不过这架飞机我超级喜欢。"

不得不说，这架飞机真的很帅，不像普通的飞机那样有一排排座位，而是设置了沙发椅、安乐椅和小台子。有三个小孩正坐在前面，大屏幕在放《银河商人》，三个爸爸坐在后面的沙发椅上。

"让佛罗里达去和别的孩子玩吧，我可以把您介绍给另外几位父亲。"

"好的。"

"您可以松手了，迪格比先生。"

"抱歉。"

这时我才知道迪纳·德拉克斯是中国人。德拉克斯不是她的真名。她的真名意思是"战胜人生的苦难"，但她后来改姓德拉克斯了，因为"战胜人生的苦难"并不适合出现在手机外壳上。

她把我领到机舱后半部分，其他几个爸爸正坐在那儿。其中一人长得皮包骨头，手里捧着一本讲素数的大部头。一直以来，我觉得自己天资聪颖，才能过人，以为自己掌握了关于素数的一切知识，此时才发现自己的知识量最多能填满一页纸，而那本至少有一千页，而那位爸爸竟然快看完了。他的聪明程度大概是我的一千倍。他抬起头，冲我微笑。

"我是萨姆森二世的父亲。"他说，指了指坐在佛罗里达旁边的儿子。萨姆森二世也在看一本大部头。

"我叫利亚姆。"我说。还没来得及询问萨姆森二世为何取了这样一个怪名字，他爸爸就说："我叫萨姆森一世，是从滑铁卢来的。"

"我也是从滑铁卢来的，"我说，"但不是丛林边上那个，是市中心边上那个。"

萨姆森二世的爸爸继续埋头看书。

第三位爸爸是光头，穿着一套漂亮的蓝西装。他递给我一张写着手机号的名片，指了指那个占着游戏机不肯放的男生："那个可爱的小男孩就是我儿子哈桑·仙拿度。我是他父亲埃德海姆，叫我埃迪就行。"

还有一位爸爸，胸膛宽厚，头发剃得很短。他对我点点头，自我介绍道："我叫马丁内特，随时恭候。"他紧紧握住我的手，让人搞不清是问好还是想肉搏。"我是马克斯的父亲。马克斯！快来向这位绅士打个招呼。"

机舱尽头，一个发型和马丁内特先生一样的男生忽然跳了起来，像他父亲一样冲我点点头。"马克斯是马克西姆的昵称，"他爸爸说，"他全名叫马克西姆·马丁内特。"

"我叫利亚姆·迪格比，"我说，"请叫我利亚姆。"

对方说："请叫我马丁内特先生。注意是法语。"

"没问题。"

我说："我是佛罗里达的父亲。"这还是我头一次大声说出这句话。我感到大家都看着我，随时会有人出声，说："不，你不是，你只有十二岁。"于是，我亮出了个人心目中最有说服力的爸爸语录："你们谁看了昨晚的球赛？"几位父亲立马积极响应。

"得砸钱请一个大块头的后卫。"埃迪·仙拿度说。

"四人后防线乱糟糟的。"非要别人用法语尊称他的马丁内特先生说。

"不是自己进球多就能拿欧冠的，阻止对手进球也很重要。"萨姆森一世说。

这也太容易了。我连比赛都没看呢！

我甚至不知道昨晚真有比赛！

看来我真是有扮大人的天赋。

"各位，"德拉克斯博士发话了，"这下我得飞了！开个小玩笑，不过飞机确实是我开。我觉得这样能让我们要去哪儿保持最高机密。我飞行技术不太熟练，但路上会学起来的。"

大伙儿都瞪着她。

"依然是个小玩笑！"她大笑道，"你们又中招了！其实，我小时候还坐在我爸爸膝盖上时，他就教我开飞机了。我其实是个出色的飞行员。"

说完，她去了驾驶舱。飞行员都爱这么插科打诨吗？这可不好玩。我抓住座椅扶手，闭上眼睛，把飞机想象成游乐项目。

飞到中国要花挺长时间，大概需要十二个小时。一旦习惯了自己处在九千多米高空的事实，感觉就不再那么刺激。窗外的风景相当壮观，绵延数千公里的云层像是生奶油组成的原野。我还记得遥望飞机的影子扫过白云的情景，仿佛有只小狗在雪上奔跑。

坐在邻座的是埃迪·仙拿度。他说："这飞机真不赖，是不是？"

"没坐过更好的了。"

"我家的哈桑有志买一架这样的飞机。这肯定是小意思，因为他财商很高，小时候在第一所学校，他就是理财高手。我的祖国不断地打仗，没有什么是一成不变的。有一次弄了个校服改革，原来要穿白衬衫，后来改成蓝的。学生都去商店买衣服，结果一件也买不到，第二天哈桑在学校打开他的包，里面居然装着一百件！他全买下来了！别人只好都从他那儿买，花了比商店的定价稍微多一点的钱，哈桑赚到了差价。他十二岁的时候，手上的钱就足够买房了，买了以后租出去。你会理财吗，迪格比先生？"

我才发现自己身上没带钱。我简单回答："不会。完全不懂这块。"

"哈桑在这块儿可是天才。"

"不好意思，"萨姆森一世说，"我不小心听到了两位的对话。您儿子真的是天才吗？"

"何止是天才，简直是理财圣手。"

"哦，说到理财，"萨姆森一世故作失望地摇摇头，"萨姆森二世才是公认的天才。他做了一个水利灌溉的项目，成绩极为突出，政府已经购买了专利。"

"付了多少钱？"埃迪问。

"五万美元。"

"我家的哈桑能付给你两倍的钱。"

马丁内特先生插话道："钱这种东西，太容易让人分心了。我家的马克斯很专心，他从来不在意钱。"

"他都在专心干什么？"我出于礼貌问道。

"走向成功。"

"哦，好样儿的。"

"您也对成功学感兴趣吗，迪格比先生？我写过一本这方面的畅销书。我相信所有人都能成为赢家，只要定一点规矩。"

我在"魔兽"的公会有一次夺下了一整片领地，想给它重命名，但没过多久那里就被一群飞龙给毁掉了。我说："我感兴趣，但不是很关心。"

"佛罗里达呢？她有什么特长？是金融圣手，还是天生领袖，还是天才少女？"

"别搞笑了。"我大笑道。

其他几位爸爸都糊涂了。不久后萨姆森一世问："这有什么搞笑的吗？"

"她脑子里只有购物和明星，就想着哪天能成名。"

"那就很奇怪了。"马丁内特先生说。

"没有哪里奇怪呀。她的伙伴没一个不这样的。"

"我是说，一个爸爸这样评价他的亲生女儿，感觉特别奇怪。"

"哦，"我说，"嗯……其实……"

原来，当爸爸其实是一个竞技项目，你得把亲生骨肉想象成天下第一，还得让别人认同这一点。做爸爸的应该为孩子感到自豪。

我把爸爸的那本《怎样和青春期的孩子沟通》从防水背包里拿出来，可一旦被别的爸爸看到我在读这样的指导手册，他们大概会起疑心。于是，我把书带进了厕所（在厕所里看书肯定是爸爸会做的事）。说到如何做爸爸，显然要学会倾听孩子的心声，否则孩子会变得闷头闷脑。倾听得越多，就会越理解孩子，从而更为他们感到自豪，孩子才能也为自己自豪。后来，我试着去倾听佛罗里达的心声，她就坐在机舱的另一端，嘴里净谈着巴黎和劳力士腕表，还有小甜甜布兰妮等人：

"你瞧，她老妈得了慢性肥胖，你知道那是什么病吗？"

"她是不是胖了很久？"

"所以布兰妮才厌食，因为她不想变成她老妈那样……"

学会倾听似乎并不管用。我倒觉得佛罗里达变闷一点才好呢。

飞机着陆了。舱门打开，外面天都黑了，机舱里充满了干燥的沙子的味道。

佛罗里达问："到沙滩了？

我说："没有。"

"外面是沙漠，"萨姆森二世说，"从飞行的速度和方位来看，估计是到戈壁了，有时这地方也叫'瀚海'。"

佛罗里达说："我怎么不知道英国有沙漠。"

"英国？"萨姆森二世哑然失笑，"我们已经不在英国了。这里是中国。"

佛罗里达转头看我，一下子翻脸了："中国！妈呀你都干了些什么？这里竟然是中国！我们怎么能去中国，你个白痴！我知道了，我知道了，我就知道你会干这种事。好吧，马上带我回家！"

"回家？"我问，"你要叫我怎么办？租辆车开回去？还是背着你走回去？你知道我们离家里有多远吗？"

"我知道我们在中国，你个白痴。"

大家都在盯着她看。

"哦，亲爱的。"德拉克斯博士叹道，"女孩的心思是很难猜的，就让爸爸整理一下思绪，好不好？我想迪格比先生是明白人，知道要怎么和女儿相处。"

我不清楚她这个想法是哪来的。佛罗里达还踹了我一脚，大喊大叫："你说过要带我去主题乐园的！"

"我们已经到了呀，这里就是主题乐园。"

"可这里是沙漠，还不是一般的沙漠。这沙漠是中国的，在中国。你说过乐园在南边。"

"确实在南边呀。"

"我还以为你在说伦敦。"

"可我们已经坐了好多个小时的飞机。过了这么久，去的地方显然比伦敦更远。"

"我以为飞机开得慢。"

居然说飞机开得慢。

> 别怕孩子突然发脾气。他们经常是有事要告诉父母，但实在说不出口，于是就借着脾气来表达。不妨把孩子的脾气看成是情绪上的联邦快递，嫌平邮太慢的时候，就叫它们寄快件。
>
> ——摘自《怎样和青春期的孩子沟通》

这本书里没有章节讨论我现在遇上的问题：碰到女儿当众踢父母的情况，父母该怎么办？其实，针对佛罗里达这个人，用"魔兽"的思维还更管用一些，只消把她想象成一个怪物，别忘记她身上总有软肋。

我知道她的软肋在哪儿了。趁着大家都在舷梯上走动，计划排成某种队形，我故意对佛罗里达不理不睬，扯开嗓子，假装对着德拉克斯博士说："没事的，德拉克斯博士，佛罗里达不想合影。"

一听到"合影"二字，佛罗里达立马坐直，竖起了耳朵。我说："只是合影而已，以后要登在报纸上的，具体不清楚。不过你别担心，继续踹我好了。"

"要登在报纸上？"

"不然就是杂志上，我没听清。哦，也许还要上电视呢。你继续踢吧。"

我还没起身，佛罗里达已经站到前排，露出笑容。德拉克斯博士说："哇，迪格比先生，您和孩子沟通的效率还真是高。要拍照了，大家都笑一个。"

在中国，你个白痴

"飞机已经到达目的地。"德拉克斯博士说，"欢迎来到无限乐园！现在天太黑了看不清，各位想必也劳累得无法尽情玩乐。"

一辆有履带的小巴将我们接去住宿。我还记得自己往窗外望了望。除了奇怪的篝火和不时闪过的车影，我什么也没看见。

车子开了十分钟左右，忽然停了下来。德拉克斯博士叫我们看左侧的车窗。一开始只能看到一片漆黑，之后一个像大门一样的东西猛地打开了，里面露出一幢建筑，像一处红彤彤的悬崖，一排排聚光灯照亮了它，规模超过了人们见过的最气势恢宏的摩天楼。它的一侧漆着巨大的中文字。

"这是哪里？"大家异口同声地问。

"'无限之家'。"德拉克斯博士说。

"里面有什么？"

"有最重磅的项目，'冲天火箭'就在里面。"

"'冲天火箭'到底是什么？长什么样？"

"什么样？它跟别的东西都不一样，是独一无二的。它是史上最大型的游乐项目，我无法形容，因为这东西只可意会，不可言传。"

我在利物浦假扮大人时，只能免费试喝酸奶，但在中国，我却有了自己的房子！履带小巴把我们送到一个小小的别墅群，那里有草坪、街灯和安全岛，就像普通住宅区那样。

　　这些别墅全都是我们的。我问佛罗里达："很棒吧？"

　　"你根本就是把我拐到沙漠里了，这沙漠还在中国。"

　　"好吧。你就别管这里是中国了，瞧瞧这幢房子！有什么感想吗？"

　　"不要偷换概念，利亚姆。关键在于，这里就是中国。"

　　别墅基本是一个大开间，一端有类似厨房的区域，另一端放着两只阔气的沙发椅，外面还有一个种满仙人掌的古怪小花园。

　　"再说，"佛罗里达环顾四周，"还没电视可看。"

　　"嗯，也许可以要一台电视来。不过这也许是件好事，因为我们得早起……"

　　佛罗里达在沙发椅的扶手上发现了一个小型的按钮板。她按下一个按钮，整间客厅的墙壁变成了蓝色，还发出嗡嗡声。之后，图像和音效同时出现，原来房间里安装了电视墙。

　　"这还不错。"佛罗里达说。

　　我们双双躺倒在沙发椅上，简直入迷了。尽管一开始只能播放粤语的农业新闻，我们依然觉得这面电视墙很神奇。换了几个台后，我们找到了一个正在播放《心灵有约》（在这个节目里，活着的明星和死去明星的亡灵进行对话）的美国电视频道，佛罗里达似乎开心得快上天了。

　　"快看！"她喊道，"这不是林赛吗！哇啊啊啊啊！"林赛只不过是节目主持人，但佛罗里达表现得好像那是她老妈、她妹妹、她养的猫和她最中意的毯子的结合体。

我说："电视放完以后就熄灯睡觉吧。明天可是个重要的日子。"

"利亚姆，别学大人讲话。这间屋里没有大人 —— 这是整件事唯一的亮点。"

"可我应该扮演你爸爸，不然咱们来这儿的意义何在？我得演好这个角色，就像莉萨说的，要尽快入戏。"

"那也得演我的爸爸，别演你的爸爸。你要给我送礼物、买冰激凌，不要坐在这儿对我讲历史。"

"你知道现在几点了吗？吃冰激凌是不是晚了点？"

"如果你真是我爸爸，的确不会给我吃。可你不是。你跟我都只是小孩，我们可以想干什么就干什么。如果我们想吃冰激凌当晚饭，就可以把冰激凌当晚饭。"

显然，我们想吃冰激凌当晚饭。还好冰箱里放着几桶，里面还有"末日巧克力"口味的。

佛罗里达拿了一份，走到沙发椅前坐下来看电视，每隔几秒用勺子舀一口冰激凌。"……而且，如果我们想通宵看电视，那就通宵看电视。"

"是可以，但是 ——"

"别说'但是'，就说'可以'。"

在她忙着吃的时候，我又瞄了一眼《怎样和青春期的孩子沟通》，发现作者写了点关于定规矩的建议，保证孩子做事有一定限制。我刚打算效仿，就听到佛罗里达朝我喊："利亚姆！快来看这个！"

她刚发现可以通过德拉克斯手机把图片发送到大屏幕上，于是叫我给她拍一段宣读获奖感言的视频，再投影到墙上。

　　"感谢我的父母，尤其是我父亲。希望您的小公主能让您感到自豪。"她说，"但愿我们可以一起终结全球变暖和世界贫困。"

　　视频拍得很抖，但放到大屏幕上依然很有说服力。我问："你到底在讲什么？"

　　"领奖啊。"

　　"干吗要领奖？"

　　"因为我很有名。"

　　我去冰箱里取饮料时发现了几个装了水的小瓶子，形状类似火箭，两头分别有尖头和鱼鳍一样的东西。看起来很适合用来打水仗。我在三只口袋里各塞了一瓶，蹑手蹑脚地回到客厅，往佛罗里达身上喷水。她惊声尖叫，追了上来。公平起见，我丢给她一瓶，我们在屋里跑上跑下，尽情地玩了起来。我藏到沙发椅后面，想搞个埋伏。但后来我一定在那儿睡着了，因为下一瞬间我记得的事情是手机在响。

　　"这是您的叫早提醒，"手机发出声音，"早上八点，请在'无限之家'的停车场集合。"

　　我小心翼翼地走在水淋淋的地板上，绕过扔得到处都是的冰激凌包装，终于找到了佛罗里达。她正蜷着身子睡在保洁室里，我把她叫醒（她很不开心），然后去换衣服。

　　我把包里的东西都倒到床上，方便整理。里面有一本"魔兽"的笔记，没想到还有一只信封，装着我的一张照片，是我在第一次领圣餐的那天和爸妈一起拍的。肯定是妈妈放的。那只坏掉的圣克里斯多福像也在包底躺着，肯定是爸爸放的，他显然不放心我一个人去湖区。此刻，这玩意儿被我带进了太空，立在多功能显示屏上，就像它以前在出租车仪表盘上的位置。假如爸爸能看见，他肯定会非常担心。

世纪动感之旅

这片太空区域的通信似乎中断了，我的手机没有信号。或许是没有对准发射信号的卫星。我翻了一下收件箱里公司发的信息，最近一条是德拉克斯博士发来的："请照顾好您和您的孩子。我们十小时后见。"发送时间大概在二十小时之前。可我不仅没见着博士本人，就连她的飞机也不见了踪影。

我还留着收到的第一条信息："欢迎来到'无限乐园'。早八点，请在'无限之家'的停车场集合。有商旅车供驾乘，请使用手机操控驾驶。祝您一路平安。"

有车供驾乘！

"'商旅车供驾乘'是什么意思？"佛罗里达问。

"就是他们会借你一辆车，你想怎么用就怎么用。"

"也就是说你可以自己开车？啊，不行！我不开！不开！不开！不开！我不想像上次那样。"佛罗里达说，"这次是什么车？还是豪华轿车吗？"

"我们去看看吧。"

那辆小车绿油油的，像是丰田车，俨然是个大玩具。我伸手摸了摸。

"利亚姆……"佛罗里达说，"别碰。"

"你说得对，一般人是不能碰，可我……"

"你怎么了？"

"我现在应该是出租车司机。"

"好吧。"

"所以我得假装会开车。"

"利亚姆，你只能在假的车子里假装自己能开车。开真的车子，真的出了事，我们就死定了。"

"看起来也没那么危险。我是说，比起保时捷，这可安全多了。短信里说用手机可以启动。"

于是我用手机对着车，车的前灯闪了一下，几扇车门全开了。一个机械呆板的语音从仪表盘传来："利亚姆·迪格比，请上车。"不得不承认，这可真有意思。你可真不能责怪我们爬上车，毕竟拒绝邀请就太没礼貌了。

等我们坐好，车子又发话了："嗨，利亚姆。嗨，佛罗里达。本次车程耗时十五分钟。不要忘了系安全带。"之后引擎自动启动。美好的小引擎呜呜作响，顿时叫人放下心来，仿佛它正信任着我们。我们马上系好了安全带。

佛罗里达在车内东张西望。"似乎缺了点什么，"她说，"怎么没有换挡杆和按钮。"

"车是全自动的。我爸爸有一次顶别人的班就开过这种车。他说感觉就像在开碰碰车。"

佛罗里达说："碰碰车很容易开嘛。"

很难不同意这话。我经常开碰碰车，没有一次应付不了。眼前这辆车似乎也很方便。

正当我思索着有什么可做的决定，不小心按到了仪表盘上的一个按钮。佛罗里达尖声叫道："别按！可能会启动什么弹射椅！"

只见雨刷开始在挡风玻璃上摇摆，我们忍不住爆笑。好歹知道了一处装置的操作。上面有前灯图案的按钮可能是开启前灯用的，所以写了数字的按钮肯定能驱动车子。我轻轻按了一下，引擎的声音越来越响，成了愤怒的轰鸣。车载导航提示："那是油门，别忘了松手刹。"

最后找到手刹并松开的人不是我，而是佛罗里达。小车呼啸向前，不一会儿我们就听到了别的动静，先是刺耳的"嘀嘀"声，伴着些许尖啸，还有车灯闪过，原来在我们驶出的时候，有另一辆车跟上来了。竟然有别的车！我都忘了这回事。那辆车改道超车，又冲着我们鸣喇叭，第三辆车"嗖嗖"地追上来，也在我们后面鸣喇叭。

"太棒啦！"佛罗里达欢呼了一声。她可真是莫名其妙。

开车最难的地方还是怎样让车开在道上，不能太靠路边（否则轮胎会发出奇怪的刮擦声）；也不能越过中线（否则会车的司机不会有好脸色）。

起初我努力把车开在正中央，看了后视镜才发现后面有一排车都依样画葫芦，所以这么开一定没错，反正前方的道路畅通无阻。

"马路之王上路了！"佛罗里达吼道。

我们按照导航的指引驾驶着，不久后却颠簸地驶上了一条狭窄的煤渣路，两旁都是帐篷和棚屋，四处不见整洁的草坪和白色的别墅。路上的小孩都跟着车子跑，不停地敲打车窗，冲我们微笑。路边还拴着驴子和小马，车前方甚至有一头骆驼走过。我说："肯定走错路了。"

但车载导航说："路线正确无误，不用担心。"这应该就是令人耳目一新的所谓人机互动了。

我们终于看到了。路的左侧，帐篷后面的"无限之家"。那是一幢红色的大楼，仿佛一件没有拆开的礼物。我努力想象楼里是什么样，结果车子开得有点偏，车里警报大作，到处都在闪光，佛罗里达大叫道："停车！快停车！"我照办了，车子猛地刹停，吓了我一跳。我们抬头一看，外面正有两名持枪的警察走过来。

"好吧，这下玩完了。"佛罗里达说，"他们要查驾照，一看你不是大人，就会送我们回家。"

她的假设比我的乐观多了。我还以为他们要拿枪打我们。

然而，那两名警察只是朝我们鞠了一躬，拿出无线电，用中文对话，过了一会儿又鞠了一躬，其中一人用英语问："贵宾？"

"对，"佛罗里达说，"我们是贵宾。"

说话的警察接着打了一些手势，意思大概是让我开车跟着他们，哪怕我明显不会开车。他们带我们去了"无限之家"的停车场，佛罗里达说，这是目前最高级的享受，因为一路都有警察护送，就连麦当娜都没有过这等待遇。

"那是因为麦当娜没有我这样的爸爸。"我说。

德拉克斯博士正在等我们，别的爸爸和小孩也在。她问我们有没有准备好去看世上规模最大的游乐项目。

"准备好了！"我激动得有些过头，嗓音大了点儿，显得很孩子气。

"那就走吧。"德拉克斯博士说。

"无限之家"实在是太大了，楼里气象变幻，有时还有雨云飘过。别看我现在能跟你讲这些，当时的我可完全没注意到它们，因为我正盯着"无限乐园"最重磅的项目。期待已久的"冲天火箭"耸立在我眼前，高不可及。甚至冲破了楼里的云层，直指楼顶。

之所以叫"冲天火箭"，是因为它本来就是一枚火箭。

而且是如假包换的火箭。

能上天的那种。

表面还漆成了蓝色。

真是雄伟极了。

我们一开始没认出来这是火箭，它看上去更像一道用金属管道和面板制成的巨型屏障，无法被尽收眼底。我们对着它上下打量，仿佛一台台想要上传图片的扫描仪。萨姆森二世的反应似乎最快，他说："这是一枚火箭。"

"没错，"德拉克斯博士笑道，"是我的火箭。"

这话到底有多牛？说得就跟"是我的午餐盒"一样轻巧。

"中国的火箭制造史要追溯到公元 970 年。冯继升发明了火器，起初只用来射箭，比如'一窝蜂'或是'五虎出穴'。不过我的火箭有别的用处。它叫'无限可能'，而且……"德拉克斯博士转向孩子们说，"我想把它当作礼物送给你们，让你们开。"

"让我们开？"萨姆森一世问，"也就是……开到太空里？"

"对。史上最刺激的游乐项目就是开火箭去太空。很抱歉先前遮遮掩掩的，不过秘密……终究是秘密，就该弄得神神道道的。各位有什么疑问吗？"

马丁内特先生问："你要把我们的孩子送进太空？"

"就几小时而已。火箭飞到太空里，完成一个简单的小任务就飞回来。"德拉克斯博士说得像是坐电梯，"这会是最终极的体验。"

没人出声反对。

德拉克斯博士接着说："大部分游乐项目都有身高限制，这边会更严格一点，各位得服药、训练。"

"我们要当宇航员啦！"萨姆森二世说。

"其实中文叫'太空人'。没错，你们都要当太空人了，当然要先得到爸爸的允许。"

孩子们都眼巴巴地看着爸爸，希望能得到同意。我也转头望了望，随后才想起自己的爸爸并不在场。这回我自己是爸爸。

德拉克斯博士又对小孩们说道："与其说我要把火箭送给你们，不如说我想赔个不是。要知道，我这代人只会破坏这颗美丽的蓝色星球——我倒希望自己是错的。然而，假如被我说中了，那么人类或许只能指望去别处重新开始了。地球遭到了破坏，并不意味着世界末日要来了。宇宙中有千百万颗恒星，可能还有数百万颗类地行星，每一颗都不比地球差，只要找到宜居的那一颗。

"如果我们要去寻找，航行时间会很长，也许会花上几年，船员最好都年轻一些，等到了目的地，还能身强体壮，派上用场。这便是'无限乐园'的宗旨。我希望这里能激发你们这群年轻人去太空工作的热情。入园的游客中也有一部分人能在太空逗留片刻。眼下这一切还处在起步阶段，你们都是吃螃蟹的人，是最先进入太空的儿童。"德拉克斯博士缓了一口气，"各位还有疑问吗？"

佛罗里达举起手。"所以说我们要走红了？"她问。

"也许吧，但目前还没有。我刚说过，这趟任务是保密的，是你我的小秘密。"

"能有多走红？"

"嗯……红遍世界吧。还是有可能的，只要不出意外。"

佛罗里达前脚掌着地，兴高采烈地蹦蹦跳跳，又举起了手。

"佛罗里达？"

"我喜欢这颜色。"佛罗里达指了指火箭，"这颜色到底叫什么？"

"我觉得叫蓝色。"德拉克斯博士说，"大多数人也会这么想吧。"

"但蓝色与蓝色也有区别的啊，这颜色可真好看。"

"那就叫火箭蓝好了。还有疑问吗？"

接下来提问的是萨姆森二世。"能叫弹道蓝吗？弹道学本身就是研究火箭运动规律的学科，'弹道'二字也押头韵，念起来顺口。"

"好极了。"德拉克斯博士笑道，"还有人想问问题吗？"

哈桑说："这要费很多油漆吧。需求这么大，供应商的折扣是不是很低？"

"有人想问跟涂装无关的事吗？"德拉克斯博士问。

无人接话。"既然没问题，我们的一位工程师马上会带孩子们参观火箭，大人们都下去填一些东西，恐怕会有很多表格。给太空航行投保，还真是比意料的要困难，哪怕这个航行非常安全，完全零风险——几乎零风险。"

看得出来，孩子们只围着火箭的涂装转，没注意到航行的重点，这让德拉克斯博士很失望。但孩子们碰到大事就是这样，他们更关心小细节，比如在火箭里睡觉的时候，他们不会梦到地球，而是会梦到自己的小卧室。

我对火箭的反应却有点不同。我对外面的油漆不感兴趣，而是意识到一个重大的、扫兴的问题。这问题性质很严重：

我去不了太空。

孩子们要踏上跨世纪的动感之旅，而我们这些大人只能在一边干坐着，可能会拍点视频什么的。

"孩子们，都跟我来吧。"德拉克斯博士笑道。小孩们登上了火箭边上的升降平台。

我问："大人们也能参观火箭吧？"

"恐怕不能。"德拉克斯博士莞尔一笑，"我希望孩子们能脱离爸爸的管教，独立相处。毕竟他们的爸爸不会上太空。"

这话不假。

因为……

我不能去太空。

能去的是佛罗里达·科尔比。

这可真是大错特错了。大人的世界不该更有趣吗？所以我才扮成了大人呀。要是忙活了一场，最后只能去填表格，那隐藏小孩的身份还有什么用？

爸爸要上太空

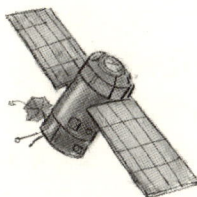

当我意识到，自己大老远来到戈壁滩只能眼睁睁看着佛罗里达·科尔比上太空，我感觉自己已经死了——当然不是真的没命了，而是死在了这轮游戏里。本来好好地到了四十级，满心欢喜做着四十级的任务，不想"哗"的一声，一下子挂了，还一条命都不剩，只好重新开始走一遍那些无聊的过程。

佛罗里达和其他小孩一起参观货真价实的火箭，我们当爹的却得坐下来填表格。表里全是有关孩子的问题。简直不敢相信，父母得对孩子这么了解，比如他们的出生日期。不过不要紧，我手上有佛罗里达的护照，索性把她的生日抄下来了。

"天哪，"德拉克斯博士说，"竟然有爸爸不记得女儿的生日。"

"我倒是记得萨姆森二世的生日。"萨姆森一世说，"总有一天也要让全世界记得，到时候就成国家法定假日了。"

"我们家马克斯的生日，我偶尔也会忘。"马丁内特先生说，"但他家教很好，从来不多嘴。"

填写孩子的生日算是简单的，后面还问到孩子的接种和过敏情况，以及童年病史。我记得佛罗里达在六年级的时候请过假，但忘了是什么原因。

别的爸爸都在打钩、填字，我想看看马克斯爸爸那份东西有没有什么可抄的，但他发现我在偷窥，便用手盖住表格不让我看。说到童年病史，我真的一种病都想不出来，除非算上佛罗里达早些时候在谈论明星时提到的那个慢性病。我琢磨着先写下"慢性"二字会帮助我联想后面的词，果然有了效果：慢性肥胖。

德拉克斯博士走到我身后，看着我填表。她问："慢性肥胖？没搞错吧？"

幸好我还记得肥胖的意思。我回答："不是慢性肥胖，不好意思。"说完就划掉那两个字，改成关节炎。这么写就很靠谱了。

德拉克斯博士重重地哼了一声，拿起我的表格看了看。"在接种情况下面，我看你选了黄热病和疟疾。"

保险起见，我刚才勾了好几个。

"哦，还有登革热啊。佛罗里达经常旅游吗？"

"嗯，我想是吧。"

"这还用想？"

"就是说，她确实经常旅游，所以我才这么想。她去过佛罗里达州，所以才取了现在的名字。我们……在六年级时还去了绍斯波特的奇妙乐园。我是说，她只在六年级时去过。"

"英国的绍斯波特？"

"对。"

"在英国境内旅游，一般不需要接种这些疫苗吧。"

"确实如此。"我说，"不过……为什么要冒险呢？多多当心总是没错，这是迪格比家族的家训。"

表格填完，更糟糕的事来了。我们打起了高尔夫。

高尔夫！哪怕现在给其他爸爸一人一件隐形衣，他们也不见得能比现在更兴奋。

在佛罗里达参观火箭、准备当太空人的关键时刻，我们居然要打高尔夫。

高尔夫。

如果你嫌《大富翁》太无聊，不妨来试试高尔夫。假如在《魔兽世界》里打高尔夫，哪些技能才是必需的？奔跑？不是。剑术？不是。灵巧？不是。智力？不是。别开玩笑了，这门"运动"的目标只是把一只球打进洞里——收拾东西，这就是你需要掌握的。学会收拾东西，以及多多的时间。说是"运动"都抬举它了，除非你是幽灵，否则谁会这么觉得？

我们乘着两辆电动车，悠闲地在高尔夫球场上行进。别的爸爸都在讨论高尔夫的均分和差点，谈论以前打球进洞的经历。

"我几年前就教萨姆森二世打高尔夫了，"萨姆森一世趁着我们排队挥第一杆的时候说，"这是非常实用的方法，学习物理里的力的相互作用。比如，用木杆发球时……"所谓木杆就是高尔夫的一种球杆，这玩意儿显然还有用别的材质做的，像是楔形铁杆。总之，萨姆森一世拿了木杆发球，详细说明了球在飞行中的抛物线如何与挥杆击球的动作有关。我压根儿没听进去，只是使出吃奶的力气击球。球飞到了草地上，我大声叫好。

其他人瞪着我。马丁内特先生问："什么事这么开心？"

"我的球比他的飞得远多了。我赢了。"

萨姆森一世扑哧一笑。"可你打得太远了，球已经飞过了球洞，落进了长草区[1]。"

我本来以为高尔夫就是把球打得越远越好。我对那些球洞一无所知。

"太神奇了，"马丁内特先生说，"那家伙连高尔夫也不懂，竟也能长成大人。"

我反击道："那么，你懂《魔兽世界》的玩法吗？我赌你不懂。"

马丁内特先生微微眯起眼睛，说："通过高尔夫这项运动，能学到不少成功之道，比如决策力和细节观察力。电脑游戏则正相反，只有废柴才玩。"

"要么都是青少年。"埃迪·仙拿度补充。

我这才意识到刚才说错话了，于是赶紧给自己找台阶："那就让我们瞧瞧你们球技如何。"其实我也拿不准这话像不像当爹的会说的。

其他人把球都打到了球洞周围比较平的草地上。我只好去长草区捡自己的球。德拉克斯博士跟了上来，说我应该用铁头球杆轻轻打击，让球低飞落地后还能继续滚动。我听后激动起来，把铁头球杆想象成住在池塘里的妖精，可惜这不过是根高尔夫球杆。

德拉克斯博士教的方法还真有用。击球之后，球直入空中，"咚"的一声落在了草地上。"很好，"德拉克斯博士说，"地球上没有比这么打球更爽的事了。"

"地球之外可不一定。到太空准保会爽得多。"

"没错。"德拉克斯博士说，"您无疑给了女儿一次千载难逢的

---

1 长草区，指高尔夫球场中除发球台、球道和果岭外的草坪区域。

机会。"

是的，我给了佛罗里达一个好机会，而给自己的东西只是一根铁头球杆。

其他爸爸重新排好队，准备挥杆。萨姆森一世的球再次划出一道优美的抛物线，落在球道上。我不由抓稳了手中的铁头球杆。

"咦，你连用铁头球杆发球都不会。"德拉克斯博士笑道。

"我还没发球呢。"我把球轻轻击入高尔夫车的车尾。

"看你干的好事。"马丁内特先生恶狠狠地说。

"是好事啊，神来一笔。"我说，"等车子驶到草坪上，放在车尾的球就会滚到草地上，我到时候还能再击球。"

"你不能那么干！你不可以把球带到车上，在球场里转。"

"为什么？"

"规定就是这样。高尔夫有规则，很多规则。这才是这项运动的妙处。"

萨姆森一世说："逻辑上来讲，他可以那么干。比如，把球车想象成障碍。球本身是会掉进去的，比如沙坑、水塘等等。"

普通人听到"障碍"二字，只会想到路上结的冰和大雾，或是暗夜精灵的突然入侵。在高尔夫球手眼里则是沙坑，或是养了一只鸭子的水塘。

"但障碍不会站起来把球拽进洞，是不是？"马丁内特先生问。

"是不会。可你也不能干扰'障碍'的行动，毕竟'障碍'要是恰好去草坪，球也会跟着去的。"

马丁内特先生明显对我的话非常恼火，他开始大力在自己头顶挥着五号杆，一边大声指责我很幼稚。

"你说我幼稚？！如果说到游戏，我才是这里不会慌里慌张的那个。"说实话，大人总在指责青少年花太多时间上网，沉迷于虚拟世界。他们玩每局简直要花掉大约三年时间的高尔夫，却说得好像一挥杆就能拯救世界。

"你就是幼稚。你到底当的是什么爸爸？怪不得你女儿只会找麻烦，因为你这家伙就不守规则！"

我看着马丁内特先生。他真以为自己是四十级的怪，面对的是一个七级的蹩脚战士吗？还妄想冲我吼一声，我就落荒而逃？但是我有提神药水，加满后我架起了攻势："你以为自己就是个称职的老爸吗？哪种父母会只顾自己打高尔夫，却让孩子一个人去太空？"

听到我这么说，马丁内特先生面露不解，其他爸爸也是同样的反应。最后还是德拉克斯博士替他们解围："你不也是这样吗，迪格比先生？"

好吧，算她说得对，可我知道我爸爸绝对不会这样，更别提我妈妈了。我回应道："上学的时候——我是说孩子，他们班毕业旅行，就有一位负责任的家长同去，哪怕目的地只是博物馆或艺术馆。在新海滨购物中心，没有成年人陪同甚至不能进报亭。为什么我们现在倒不陪在孩子身边了呢？"

"你是说，你要陪孩子上太空？"德拉克斯博士问。

"对。我当然要陪她去！"

"可……"

所有人都在盯着我。马丁内特先生翻了个白眼，嘟哝道："是啊，他就该陪着去。这个长不大的小屁孩，白长了那身高。"

德拉克斯博士举起手，说："我想到了一个妙招。"

大家都拭目以待。

"不如也让爸爸上太空吧？我会送一个人过去。选谁好呢？"

我连忙说："选我，我想去。"

"开什么玩笑，"马丁内特先生说，"这趟任务需要真正的领袖。我去。"

"最好还是选懂点科学知识的人。"萨姆森一世说，"比如我。"

"那就来比一比吧。"德拉克斯博士说，"从打高尔夫的手法来看，你们个个都挺厉害，而且各有千秋。马丁内特先生恪守纪律，萨姆森一世相信教育……"

"那还用说。"

"仙拿度先生慷慨大方，迪格比先生……"德拉克斯博士望了我一眼，努力回忆她选中我来这儿的原因，"迪格比先生目前有空。"

"你说要比一比……"仙拿度先生说。

"很简单。你们干脆和孩子们一起训练，表现最优异的太空人……不，不是太空人，而是表现最优异的爸爸，将得到上太空的机会。"

太棒了！这次终于能升级了。这就好比进了游戏的下一个阶段，场景瞬间转换，迎来了新一轮的冒险和刺激的挑战。原先还是打打高尔夫，现在竟能去探索太空了。

"肯定是我赢。"马丁内特先生说，"说到如何成功，那原本就是我定义的。"

"不，肯定是我赢。"萨姆森一世说，"因为我有头脑。"

"不，肯定是我赢。"仙拿度先生说，"这个名额我要了。我的想法往往都能实现。"

"这得交给孩子们决定，"德拉克斯博士说，"最后让他们投票。"

我一句话也没说，因为知道我肯定会赢。

我实在太想全面了解这枚火箭了。佛罗里达一走出舱门，我就问："火箭里面长什么样？"

她说："还可以。"

"就这样？上了货真价实的火箭，却只有一句话评价？'还可以'？"

"还有别的。"

"那还有什么？"

"我饿死了。"

我马上回想起了《怎样和青春期的孩子沟通》中讲到的招数，用不能一口吃下的食物来撬开孩子的金口。于是我炒了一盘菜，说："用筷子吃吧。"

"我不会用。"

"包装上有教程。"

"是中文的。"

"试试看嘛。"

这盘菜吃了挺久，但对话并无进展，因为我们都在铆足劲儿用筷子。最后，我只是说："算了，你不告诉我火箭长什么样，也不要紧，反正我也要上去了。"接着我把要比赛的事儿告诉了佛罗里达。

佛罗里达终于再次开口了，她说："哈哈哈哈哈哈哈哈哈哈哈哈哈哈哈。"

"哪里好笑了？"

"你的笑话太好笑了。你不是在开玩笑吗？你不会真以为能赢吧？"

"那可说不定。"

"利亚姆，你有自行车吗？"

"有，是一辆'切诺基酋长'电动越野自行车。"

"快吗？"

"它可是 23 速的。"

"那它能在国家越野障碍赛马大赛上跑赢吗？"

"不能。"

"为什么不能？"

"因为它不是马啊。"

"所以同理，你赢不了'最佳爸爸竞赛'，因为你不是爸爸。"

"话是没错。但换个角度想想，我也不是真的'暗夜精灵'，但'行者战队'却能在《魔兽世界》称霸。"

"利亚姆，我听不懂你的话。"

"我是说……有时候演演戏是能混过去的，就像我们在小星星剧团的时候。"

"好吧……"

"那就帮帮我，演我的女儿吧。只需要叫我一声爸爸。"

"可以，就叫你爸爸吧……"

"谢啦。"

"……你也要叫我小公主。"

"小……什么？！"

"我自己的爸爸就是这么叫我的。我很想念有人叫我公主的日子。求你了。"

"我尽量吧。"

戈壁滩上的冰激凌先生

"太空人"训练第一天，大伙得在天亮之前到发射站集合。我兴奋极了，佛罗里达却睡眼惺忪。天还很黑，看不清谁先到了，只能见到几个正在打哈欠、伸懒腰的人影。就连"无限之家"也看不分明了，直到太阳缓缓升起，抹去大楼背后的一道阴影，它逐渐变成了一只巨大的红色香蕉。接着，阳光像撕开纸巾那样逐渐驱散黑暗的笼罩，大家意外地发现脚下竟是停机坪。

哈桑和他爸爸坐在高尔夫球车上。"这车开得太舒服了。"埃迪说，"我要给我亲爱的哈桑买一辆。"眼下驾车的正是哈桑，他不停地绕着小圈子玩得起劲。"够了，"埃迪说，"你转得我头晕。"

马丁内特先生穿着一件印着"为马丁内特投票"的T恤。萨姆森一世估计是瞥到我在看那件衣服，于是冲我一笑，翻了个白眼。有时跟妈妈出去买东西，我也会在其他爸爸身上瞧见这种反应，像是爸爸们的暗号。我也回了个白眼，觉得自己是个如假包换的真老爸。

德拉克斯博士也来了。"抱歉这么早就叫你们出门。"她说，"今天是太空训练的首日，一开始是轻松愉快的团建，需要大家一起解决问题，做出决策，很简单。大家请跟我来。"

埃迪邀她坐进新高尔夫球车的后座，她道谢说："你太客气了。"小车载着他们拐过了"无限之家"的另一端，其他人迈开步子走过去。

等我们赶上他们，德拉克斯博士伸手指向沙漠。"瞧，"她说，"远处的黑影就是'无限之家'。"那幢建筑的影子延展开来，又长又直，仿佛是一条用墨水做成的路。"那条路是有尽头的，我希望你们能过去，把那边的东西带回来给我。"

"什么东西？"萨姆森二世问。

"哦，没什么大不了的，就是一面小旗子，并无特别之处，应该很容易看到。那边没有别的东西了，你们只需要沿着那影子走。"

大家远眺沙漠，周围除了绵延数千米的风蚀地貌和盐沉积地貌，确实空无一物。

"你们如果不介意，哈桑想要开他的新高尔夫球车。"埃迪说。

德拉克斯博士哈哈大笑，向埃迪解释那可不行。"各位不是要去比赛，我只希望你们能一条心。要有团队合作。我给大家带了一件能帮到你们的小礼物……"我以为她起码要变出一辆吉普车，甚至能有什么武器，可她只是把一个像是巨型烟花的玩意儿交给了马丁内特先生。"这是求救的信号弹，"她说，"放出去以后，不管离得有多远我们都能看见，会马上前来施救。我们不希望看到你们受到伤害。"

"多谢。"马丁内特先生说，"我会善加利用。"

"要是放了信号弹，当然就表示任务失败。那样的话我就要给火箭另找一组人选了。用了这东西，就没法上火箭，明白了吗？"

我迫不及待想走进沙漠，其他人没有这样的热情，萨姆森一世还要去拿帽子、防护服、防晒霜和水呢。

"要是过了一天还没到，该怎么办？"埃迪问，"没准该带几顶帐篷，还有罐头食品和盘子。在沙滩上吃东西都会吃到沙子，更别提在沙漠里了。"

"那岂不是得去买东西！"佛罗里达说，"太棒了！"

我说："现在出发不好吗？！"说完便觉得这不像爸爸的口气，于是改口道："其实我以前组织过沙漠考察，还是懂一点儿的。在我看来，越早启程，路上就越顺利。"

大家都盯着我。"你以前还组织过沙漠考察？"马丁内特先生问，"我一直以为你是出租车司机。"

"沙漠考察是很久之前的事了，那时我还不是出租车司机。"

"爸爸，这事你以前从没告诉过我。"佛罗里达假惺惺地咧嘴笑道，"沙漠考察？当真？"

"当真。那么……我们走吧。"

"我真心觉得要事先准备一下。"萨姆森一世说。

"我倒觉得，"萨姆森二世说，"迪格比先生可能说对了一件事。我们只知道旗子插在大楼的那道影子里，现在天刚亮，影子最长，往后就会越来越短，到时候能参考的线索也在变少。"

"我就是这个意思啊。"我说，"我们走吧！"

站在阴影下真是凉快得出奇。一旁的佛罗里达缓步而行，嘴里一直说着明明有人答应她要让她享受刺激的游乐项目。"哪里刺激了，"她说，"这不是在罚我吗？"

"佛罗里达，现在是星期五早上，本来有高等数学课，可现在呢，你却能在戈壁沙漠里漫步。"

"显然你以前就这么干过。"

"我又没说自己穿越过这个沙漠，我说的是我曾经组织过沙漠考察。真的。"

"哪个沙漠？布特尔沙漠吗？"

"'艾泽拉斯的诅咒之地'，那儿的情况要严峻多了，不光有巨大的虫子，还有通往'邪恶幽冥'的传送门。"

"利亚姆，你在说什么啊？"

"别叫我利亚姆，我在说《魔兽世界》。"

"好吧，求你别再说了。哪个爸爸会说这个。还有，我们干吗要走在影子里？去外面不是能晒晒太阳吗？"说着，佛罗里达走去阳光下。从我的站位看过去，她仿佛完全消失了。没一会儿，她蹦着了回来。

"噢，噢，你知道外面有多热吗？我们会被烤焦的。"

"所以才要赶紧，免得影子没了。"

"为什么还有这么多沙子！"佛罗里达似乎认为，来戈壁沙漠都是我的错。

"因为我们脚下的这片区域十亿年前曾是大洋海底，水位下降以后，原来海底的岩石和山脉受到风吹日晒，逐渐沙化了。"

"利亚姆，谁要听这个！！！"

佛罗里达扯开嗓门大喊，她的话语越过沙丘，离我们越来越远。接着，我们听到了一种像上帝在吸尘的声音。是风声。风卷起的沙子打在我们的胳膊和腿上，犹如十亿把纳米刀刺了过来，沙子不由分说地钻进嘴巴和鼻孔，最难受的是钻进眼睛里。我们手忙脚乱地围成一圈，脑袋凑在一起，围成一圈背对沙漠。马丁内特先生的脸就在我眼前，他恶狠狠地说："这下好了，迪格比先生，你以前不是碰到过这种事吗，你说我们该怎么办？"

我回答："等风变小？"

"那得很久，"佛罗里达说，"这风显然刮了十亿年了。"

我完全没想到这一点。说来也怪，我被她这话说服了。"你这个想法真了不起，佛罗里达。"

"哦，"佛罗里达说，"感谢夸奖，利亚姆。"

我戳了她一下，她说："爸爸。不是利亚姆。"随后她戴上墨镜，"啊，好多了。"别人都没戴墨镜，他们都在盯着她。"没人带了墨镜？"

"这里很暗，"萨姆森二世说，"似乎没必要戴。"

"我只是觉得这样挺酷的。"佛罗里达说，"大卫·贝克汉姆在暗的地方也戴墨镜。"

"爸爸，"哈桑叫道，"她有墨镜，我也要。"

"好啊。"埃迪说，"小姑娘，你的墨镜多少钱？"

"我才不卖呢。"

"迪格比先生，你女儿的墨镜多少钱一副？我们想买下来。"

"墨镜又不是我的，是她的。"

"她不是你女儿吗？你让她卖了吧。"

"我可不干，"我说，"可我有个主意。现在只有我女儿随身带着墨镜吧？所以，我们就这么办：她戴着墨镜，我们想法子用 T 恤或是什么东西把脸遮住，大家手拉手站成一列，让她走在最前面，领我们去找旗子。"

其他人沉默片刻，萨姆森一世先说："确实是个好主意。"

"我上次在沙漠就用了这办法。"我说。不骗你，我领一群暗夜精灵走出光明迷宫的时候用了这一招。

马丁内特先生也说这主意不错，但他要求让马克斯戴墨镜，"因为马克斯是天生的领袖"。

"好吧，"佛罗里达说，"但要记住，这墨镜是我的。走吧。"

于是我们排好队，开始穿越沙漠。马丁内特先生大声鼓励我们，讲起了历史上成功穿越沙漠的人物。"马克·安东尼，"他说，"还有阿拉伯的劳伦斯——他们都是人类，我们也是人类，人类一定能办到。"

蒙着眼睛，还要在软绵绵的沙子上走路，必须得全神贯注，所以一时间没人说话。不过，在某一个时刻，大家不约而同停下了脚步，想到了同一件事：我们已经走出了建筑投下的影子。此刻，根本不需要知道到底发生了什么，因为外面的热浪就如火焰一样喷射而来。而在我印象中，阿拉伯的劳伦斯和马克·安东尼都是跟随大军穿越沙漠，而不是和三两对父子或父女。更何况，他们走出沙漠的时候，部队里少了很多人。

风停了，我们终于能睁开眼看看位置，但这带来了坏消息。

我们正站在一座百尺高的大沙丘脚下，沙子滑溜溜的，还能看到沙丘顶上被风吹动的流沙。哈桑一见到沙丘就哭了起来。"要上去吗？那上面太高了，我上不去。"

马丁内特先生似乎把眼前的情况当成了一项挑战。但这挑战不是给他的，而是他儿子马克斯。"马克斯，"他厉声要求，"去沙丘上面，看看能不能找到旗子。"

马克斯一脸惊诧。"为什么是我？"

"马克斯，"马丁内特先生吼道，"胜者总是冲在最前面的。"

"但——"马克斯说。

"照我说的做！你还有没有规矩了！"

马克斯只得独自爬上软绵绵的沙丘。他看起来真的太难受了。

哈桑·仙拿度一屁股坐下来。"我才不上去，"他说，"哪怕后面插着一千面旗子，我也不干。"

埃迪说："我亲爱的哈桑不想爬沙丘，那我们得绕道了。"

萨姆森二世不同意。"德拉克斯博士叫我们紧跟影子走，要是我们走偏了，可能就找不到旗子了。这是一座风积沙丘，可能绵延数千米，搞不好有三四十公里长。"

三四十公里长的沙丘听上去真是大事不妙。但如果要爬上去，似乎也不太可能。

马克斯跪在沙子上。"我做不到。"他喊着，像是要哭出来了。

马丁内特先生一脸不自在，现在就连他也不赞成了。"还是绕路吧。"他说。

"在这么荒凉的地方很难找准方向。"萨姆森二世说。

"越是如此，越是强者大显身手的时机。马克斯！"

"可德拉克斯博士说过……"萨姆森二世恳求道。

"德拉克斯博士希望我们能积极主动。"马丁内特先生义正词严，"只有这样，比赛才能赢。"

我差点就要说："话是不错，可是在沙漠里迷路，不就等于送死吗。"但其他人已经出发，就连萨姆森一世和二世也没落下。马丁内特先生确实有很强的领导才能。

这座沙丘让我想起了爸爸。夏天的时候，如果哪天他早早干完了活儿，我们便会去海滩"潜沙"。你玩过吗？先爬上沙丘，接着撒腿开跑。你感到脚下的沙子纷纷避让，你的步幅越来越大，腿刚刚挨到地面就开始往下陷。你似乎要摔倒了，但沙子很软，所以没事。这是最天然的刺激体验。

我还没拿定主意要不要这么做，就已经爬到了沙丘的半山腰，来到马克斯身边。

我对他说："你准备好了吗？"

"准备什么？"

"潜沙啊。来，你以前肯定玩过。把手给我。"

马克斯紧张兮兮地把手伸过来。我问："可以了吗？"

"要干吗？"

"跳！"

我纵身一跃。

戈壁沙漠的沙子比绍斯波特的沙子还软，一直没到我的膝盖。我走了一步，半座沙丘似乎消失在脚下。

我们来到沙丘底部，其他人纷纷四散，只有我和马克斯两人躺在那儿仰望蓝天，笑得喘不上气。

马丁内特先生低头看我，问："这有什么意义？"

"真的太爽了，好想再来一次。"

"迪格比先生，"马丁内特先生说，"你简直和小孩没两样。"

我差点以为他识破了我的身份，但他其实只是说了句不客气的话。

"还有人想玩吗？"我问道，又开始往上爬。我回头一望，发现萨姆森二世和哈桑都跟了上来，就连佛罗里达也没闲着。

等我们爬到半路，我说："可以从这里跳下去，也可以爬到最上面，看看后面能不能找到旗子。即便没找到，也不要紧，我们还是能玩潜沙。"

我的提议得到了一致赞同，于是我们撒开手脚，一起往上爬。最后几米的距离是最痛苦的，我脸朝下趴倒在沙丘顶，佛罗里达和其他人依次拉着我的腿攀了上去，接着我一扭一扭地登顶，放眼展望。沙丘的另一侧完全处在阴影中，这阴影之上没有一丝波澜，清晰到底，仿佛一处可以直接饮用的幽深、清冽的水池。一面显眼的白旗正在阴影的中央飘扬。

我们都清楚，假如刚才绕道走，不光得冒着热浪花上好几个小时，没准还找不到旗子。而现在，我们不用几秒钟就能过去。

"好吧，"马克斯说，"我们去拿旗子。"

大家手拉手，吸了口气，纵身一跳。周围的沙子接二连三地迸开，大家下滑的速度越来越快，我甚至不由自主地翻了个跟头，最后头先着地，整个人躺了下来，滚到马克斯的脚边。那时他已经举起了旗子，所有人都在欢呼。

"这个潜沙是你发明的吗？"哈桑问，"要是卖出专利，能赚一大笔钱。"

"我爸以前陪我玩过。你们的爸爸难道没有吗？"

"我觉得他会说我闲得慌。"萨姆森二世说。

"我爸太忙了。"哈桑说。

"我爸没心思做这种事。"马克斯说。

我望了望佛罗里达，并问："你爸呢？"

"还用说？"佛罗里达瞪了我一眼，"他一直都陪我玩，是不是？"

我居然忘了自己在假扮她的爸爸。

"你爸人真好。"哈桑说。他看着我，好像自以为能收买我。

我只是耸耸肩，从背包里取出一只火箭形状的水瓶，喝了一小口水。透过塑料瓶，我看到别人都在盯着我。

"你们没人带水吗？"

被我言中了。于是我让他们每人喝了一小口，说："我是有备而来的，这才像当爹的。"

之后，我们努力爬回到沙丘上，再挥着胜利的旗帜从另一面滑下去，像极了一队赶去复仇的暗夜精灵。

回去的路上，太阳被我们抛在了身后，提线木偶一般的影子出现在身前，背上则被晒得火辣辣的。马丁内特先生想当旗手，于是我把他手里的信号弹放进自己的包里。

有时，我们还会看见先前来时留下的脚印，但大多数痕迹已经被风抹平。可惜的是，"无限之家"也从视线之中消失了。

"这儿看不到'无限之家'，肯定还有好几公里远呢。"佛罗里达抱怨道，"那栋楼可大了，在布特尔都能看到的呀。"

萨姆森二世解释，那是因为阳光直射在地面上。"光线太强了，感觉东西都要化了。"

马丁内特先生喊道："在那儿！"他指了指右边，果然是"无限之家"，似乎比我想象中要近。我们松了一大口气，撒腿奔了过去，过了好几分钟才听到萨姆森一世在高声叫我们，他喊道："萨姆森二世有话要说。"我们都停下脚步，却依然目不转睛望着"无限之家"。"是关于海市蜃楼的。"

唉，这下糟了。我记得自己曾在《魔兽世界》的"诅咒之地"碰到过不少这样的麻烦。

萨姆森二世开始解释海市蜃楼的原理。我想你也大概清楚是怎么回事。

佛罗里达问："这有什么关系？"

"你们眼前是有幢大楼，但它其实不在那儿。"

"怎么会不在那儿呢。"马丁内特先生气呼呼地说。

"你就是不想动，不过是在找借口罢了。来，马克斯，要迎难而上。"

萨姆森二世说："我觉得还是等天黑了最好。那时'无限之家'亮了灯，比较容易看见。"

"天才。"萨姆森一世说，"我们都该听他的。"

马丁内特先生说："'无限之家'现在就很容易看见。眼见为实。"说完小跑而去，后面跟着马克斯。

萨姆森二世追着喊道："要是大楼就在那儿，那它为什么朝北？大楼本来是朝东的，我们能确定的只有这件事。"

"哪里确定了？"佛罗里达问。

"我们是顺着'无限之家'的影子走的，太阳自东方升起，建筑的影子便指向西面。现在我们却要往别的方向去。"

哈桑说："我要跟他们走，这里好无聊。"

埃迪·仙拿度耸耸肩。"我的孩子，你开心就好，随便你。"他说。

佛罗里达说："我也好无聊，跟你一起吧。"

他们马上出发了。

"要怎么拦住他们？"萨姆森一世问，"他们的力气会用完的，身体还会脱水，没准会死。"

"嗯，谁叫他们不听话。"我说。

"说的也是，可她毕竟是你女儿。"

我竟然忘了。"佛罗里达！回来！"我吼道。

她回头一看，大声问："你叫谁回去呀？"不用看手册也知道，她在考验我。如果我叫她"公主"，她就会屁颠屁颠地奔回来。不过与其这样，不如吓吓她。我大声说："立刻回来，否则别怪我不客气。"

"你要干吗？"

"看招。"没人记得求救信号弹还在我手上。我把那东西从包里拿出来，举到头顶。"你要是不赶紧回来，我就发射信号弹了，大家都玩完。"

佛罗里达瞪着我，其他人也一样。我说："你们回来吧，谁都不准走。"

大家乖乖照做。他们并不十分乐意，但也没有反对。佛罗里达哀叹道："这也太无聊了。傻站着又回不去。我们大概要被晒死了，要么就是无聊死。"

"肯定能找到打发时间的方法。"我说，"一起做沙天使怎么样？就跟做雪天使差不多。"

我躺到沙子上给大家示范，上下挥动两臂，做出翅膀的形状，再站起来。那两块地方看着一点也不像天使的羽翼，倒像是池塘里的坑。

"沙天使做不好，那要不在沙子上写搞笑的大字？"我提议道，"大家动动脑筋，来想点好玩的话吧！"

佛罗里达抄起旗杆，写了一个巨大的"饿"字。

刚才我们还被风沙弄得茶不思饭不想，忽然间却除了吃什么也想不出来。于是我们把自己带的吃的汇总到一起。

眼前的食物称不上什么充足的应急粮。佛罗里达带了很多哈瑞宝软糖；哈桑带了一大板巧克力，但已经化了，包装里只有黏糊糊的一团。我们轮流舔着锡箔纸，每经过一个人，巧克力里糊进的沙子就越多。

萨姆森二世带了两个生鸡蛋。"蛋白质对大脑很有好处。"他说。周围的人自然都没有胃口，但当他敲开鸡蛋壳，却发现里面不是生的，已经被烤熟了。

马克斯带了两只香蕉。"冠军的早餐。"他爸爸说。

我们没用多久就吃完了东西，又有人变得烦躁起来。埃迪·仙拿度说："其实我带了个东西，说不定挺有用。"他拉开小包的拉链，取出膳魔师牌的保温瓶。在沙漠里谁还要用保温瓶？埃迪旋开瓶盖，从中冒出缕缕清凉的蓝雾，原来他带了一瓶子白花花、软绵绵的冰激凌。大家都惊叹了一声，连忙凑上去，光是看着冰激凌就觉得凉快。

"当然了，"萨姆森二世如坠梦幻地说，"真空瓶既可保温，又可保冷。"接着开始解释其中的原理。

"还能保住香草冰激凌原来的样子呢。"埃迪拿茶匙舀了一口，先递给了佛罗里达，"女士优先。"

佛罗里达闭上眼，把冰激凌送入口中。

"佛罗里达，快说谢谢。"我提醒道。

"不用谢我，"埃迪·仙拿度说，"要谢的话就晚上投我一票。不投的话就没有第二口！"

其他几位爸爸马上嚷嚷起来："这不公平！你在贿赂我们！"

"我哪里贿赂你们了。"仙拿度先生笑道，"马丁内特先生，你不是说，积极主动的人才会赢吗？当然，如果你不想让你儿子有什么……"

孩子们倒没有人人喊着"这不公平"。埃迪·仙拿度把保温瓶紧紧护在胸前，佯装失望："真没人要吃？"

"大家都想吃啊。"佛罗里达没好气地说，"我们都会投你一票的。"

"能得到各位的欣赏，真是太好了。"埃迪笑道。

大家推推搡搡，把冰激凌吃得一点儿也不剩，轮到我的时候，萨姆森二世喊道："在那儿。"

在我们的正前方（根本不是在右边），"无限之家"拔地而起，好像天边的巨型唇膏。

没几分钟天色暗了下来。落日的余晖已经散去，仿佛上帝关了灯。"无限之家"似乎越来越明亮，和我们的距离也似乎越来越近。我们都加快了脚步。建筑周围的灯光似乎从黄色转变成了某种泛着蓝的奇特银色，原来是一轮巨大的月亮从建筑背后升到了空中，一开始只能见到它的边缘。我们从没见过这么大的圆月亮，就像一条黄色隧道的入口，感觉一直往里走能穿过地平线，登上月球。

有那么一会儿，我们都默不作声地站在原地，看着那轮月亮。所有人好像都在等月亮在世界上洒满古怪的蓝光。

月亮越升越高，漫天的繁星也亮了起来。戈壁滩上空的星辰与布特尔的星辰截然不同，这里的星星数量更多，有好几百万颗，成群成团，正如车前灯那般闪耀。在回"无限乐园"的路上，我们纷纷仰望星空，寻找流星，辨认星座。

迪纳·德拉克斯统计选票的时候，萨姆森一世走过来对我说："多亏了你，不然我们到现在都在外面瞎转。别人都不听我儿子的，你却让他们听进去了。要是没有你，我们估计都完蛋了。"

"嗯，这我还没料到……"不过这倒是真的。我已经做完了任务。要是在游戏里，加点都会涌到我身上，生命值和财富值同时提升，或许还能学到更多技能。但在现实中就不一样了，我能赢的只有选票。

他们自然不会只因为埃迪·仙拿度给他们吃冰激凌，就把票投给他。他们肯定会投我，因为我救了所有人的命。

"先生们，"德拉克斯博士说，"今日旅程收官，投票结果是……"

票 数	
埃迪·仙拿度	4 票
其余人	0 票

"仙拿度先生获胜，包揽了四张选票。谢谢大家。"

他们居然把票投给了那个带冰激凌的男人！就连我自己的"女儿"也不例外！可救了他们命的人是我啊！我发现了旗子，还给他们喝水，他们不是也说过我是个称职的爸爸吗！

> 如果您的孩子做了伤害您的事，您首先要找到原因。您的孩子或许不是有意的。您要对他们说："你做的那件事伤害了我，让我们来谈谈你为什么要这么做吧。让我听听你内心的想法。"
> —— 选自《怎样与青春期的孩子沟通》

不久后我就在佛罗里达身上尝试了这个办法。我问："你为什么不把票投给我，而是投给了埃迪·仙拿度？"

她回答："他给我吃冰激凌了啊，你又没有。"

"就凭这个吗？"

"老爸不就是该满足这个吗？不然要圣诞老公公干什么用？老爸就是要送礼物，这是他们的职责。"

"老爸的职责难道不该是照顾孩子，甚至还得救孩子的命吗？"

"那可不是老爸该干的，利亚姆。"佛罗里达漫不经心地切换着电视频道，"那是救援服务。"

我穿不上裤子

根据之前的谎报，湖区活动的第三天我该在南部湖区户外活动中心的组织下参加户外远足和林木识别训练，可事实上，我在"无限乐园"里上了一堂关于太空服的科普课。

当我走进"无限之家"时，整个人充满了激动之情。我和佛罗里达聊起了自己在游戏和电影里最喜欢的太空服款式。"你玩过四代太空飞行模拟器吗？里面的太空服超赞……"

"利亚姆，"佛罗里达说，"你又不像爸爸了。"

"什么？"

"没有哪个爸爸会玩四代太空飞行模拟器，他们也不会随口说'超赞'。最关键的是，他们不会因为几件衣服就兴奋起来。买衣服的时候，他们一般不说'买吧'，而是会问：'有必要买吗？'在服装店里，爸爸们都百无聊赖地坐在试衣间外面。"

我说："佛罗里达，太空服可不是一般的衣服，是正经的装备，穿的时候可能还要看使用说明书呢。爸爸都喜欢装备，会认真研究它，这可不像闺蜜约好去商场，随便试穿好看衣服那么简单。"

德拉克斯博士一见到我们就说："噢，佛罗里达，谢天谢地，你总算来了。我们马上开始姑娘们的约会吧。"

她们花了大概十年之久来讨论外星穿搭。逃生服一向是亮橙色，因为那是海上最鲜艳的色彩。佛罗里达唯恐逃生服会跟她乱糟糟的红发撞色，德拉克斯博士也表示理解："我明白，你会变成一只大蜜柑。不过那样，你就会非常非常显眼了。"

与此同时，所有爸爸都百无聊赖地坐在一起。佛罗里达说得很对。

埃迪·仙拿度冲我微笑道："我在想，昨天其实是你救了我们的命。你不仅找到了旗子，还让我们听了萨姆森二世的话。我觉得你是个不错的家伙。最后我全票获胜，真是感到很惭愧。但愿你没有不高兴。"

我嘴上说着"我怎么会不高兴呢"，但他想必知道我的意思：下次，我们肯定会看牢你，把冰激凌糊满你的全身，最后把你丢给那些食人蚂蚁。

"好伙计，不如喝点儿吧。"他掏出另一只瓶子，瓶子是银色的，上面有他名字首字母的镶钻。"来，打发打发时间。"他说，"别被看到了。"他用报纸挡着自己，把瓶子递给我。

谁知道为什么不能被看到？！大概是因为他只带了一点儿，不够所有人喝。"是我家乡的梅子做的。到秋天我们会办很大的宴会。"

"谢了，我还没喝过梅子汁呢。什么味道？是不是利宾纳牌那种口味？"

我喝了一大口，感觉一点儿不像利宾纳，更像被激光枪射穿了喉咙。我身上的每一块肌肉，先是像手风琴那样折起，接着像长号那样伸开。我睁大了眼睛，以为眼珠子要滚下来了。

"好喝吧？"仙拿度先生莞尔道，"还要吗？"

我想婉拒，说再也不要喝了，但只能发出轻微的喘息。同时我还瞪着眼睛，心里觉得自己很可能已经变成了青蛙。仙拿度先生把瓶子放回我手里，我莫名其妙又喝了点，这回不像一开始那么难受了。我终于说了声"谢谢"。

随后，德拉克斯博士把太空服发给我们，宣布现在可以试穿了。我想说声"好的，就等你们了"，可嘴巴无法正常活动——其实还能张开，就是怎么都合不上。

逃生服并不是正宗的太空服，更像是发射和降落时穿的救生衣，以防意外。我拿到的逃生服似乎不太对劲，因为别人很容易就穿好了，我却怎么都套不上裤子。我能看见裤管，但每当抬起腿，裤管就消失了。我举手说："亲爱的德拉克斯博士……"我也不知道自己为什么要这么称呼她，"亲爱的德拉克斯博士，我的逃生服没用了。"

"你说没用了……"

"裤子坏了。"

"怎么讲？"

"彻底坏了，搞得我头好痛。"

"迪格比先生，"德拉克斯博士严厉地说，"你喝多了吗？"

"嗯！我是喝多了！你说得对。你觉得这会有影响吗？可我穿过的其他裤子都好好的。在我看来，喝多了穿不上裤子，只能说明裤子的设计有漏洞。"

埃迪·仙拿度答应帮我一把。他撑开裤腿，好让我把脚伸进去。我说："埃迪·仙拿度先生，你是我的光辉装甲骑士。我的光辉装甲骑士就是你了。"

"言归正传……"德拉克斯博士高声说，"逃生服最创新和最实用的地方是……"她按了逃生服上的一个按钮，逃生服开始膨胀，膨胀的速度由慢到快，"像这样，能充气……"逃生服还在变大，"各位请按这个按钮，你们的逃生服也能做到。"大家纷纷照办，每个人身上的逃生服果然都膨胀起来，"在火箭升空和重返大气层期间，逃生服会撑到最大，你们无须把自己固定住，到时候就会紧紧靠在一起，就像一个飞行中的豆荚里挤在一起的大颗豆子。"

我的逃生服还在充气。我忽然发觉别人都站成了一排，一语不发，表情庄重，身上一片橙色，像一只只等待犯罪指认的橘子。我突然蹦出一个念头，非得用我橙色的大肚皮狠狠撞一下埃迪·仙拿度。我真的这么做了，换来了德拉克斯博士的怒吼："迪格比先生，别那么幼稚，成熟点！"不知怎么的，我听了心里很难过。妈妈从不催我变成熟，反倒叫我不要长大。

仙拿度先生试图站直身体，但撞击的力度太大，他不由倒向马丁内特先生。马丁内特先生又倒向萨姆森一世，萨姆森一世则撞到了孩子们。之后，我只记得所有人（包括德拉克斯博士）都在地上滚来滚去，像极了一颗颗巨大的橙色弹珠。他们大呼小叫，请求帮助。我努力扶德拉克斯博士起身，但她很快挣脱了。

"把气放掉！"她冲我嚷道，"把气放完了，再尝试站起来！"

我还以为这个过程会很好笑，一拉逃生服上的塞子，整个人会像泄了气的气球那样四处飞舞。但事实并非如此，真遗憾。我们没有飞来飞去，只是变瘪了。

我现在终于明白，当时自己不该为了弥补没人满天飞的遗憾，手臂乱挥，嘴里模拟着气球放气的噗噗声。这不是爸爸该有的举动，但当时我心里希望着能有人加入我。

马丁内特先生没好气地说："你又像个小孩了，迪格比先生。"

我反唇相讥："总要有人像啊。不过可不是像那几个所谓的'小孩'，你说呢？看看他们，看上去都这么半生不熟，根本没小孩样。说是小老师还差不多。"

我知道自己的话没什么道理，想到这一点整个人变得更沮丧了，于是在地上蜷成一团，睡着了。

回想起来，那段日子真不好过，但我觉得自己对小孩的观点是对的。哈桑说来说去都是钱，马克斯总是要争第一，佛罗里达则喜欢讨论配色穿搭。他们不是一般意义上的小孩，俨然一副小大人的样子。

但此刻，他们就只是小孩。因为此刻，大家都迷失在太空中。

醒来后，我意外地发现自己躺在床上，一开始以为自己被外星人绑架了，甚至觉得有人妄图在我脑壳上钻孔。之后我反应过来，自己或许仍在布特尔，所有的这一切都是一场梦。于是我扯开嗓门喊了声"爸爸"，脑袋痛得不行。接着，佛罗里达走进屋，说道："这个下午棒极了！"

"怎么回事？这床怎么这么小？"

佛罗里达没理我。"大家对我太好了。看到我爸爸是个没用的酒鬼，他们都替我难过。你应该知道自己喝醉了吧？"

"喝醉了？怎么会？"

"仙拿度先生带了瓶酒，你喝了不少。他说他想阻止你的……"

"他没有。"

"大家都对我和颜悦色，我好像一下有了三个爸爸，还拿到了最好看的太空服，蓝色的，就像'恐龙战队'里的蓝衣战士。我穿上可帅了，绝对是我的代表色。"

我抱怨道："有这个必要吗？"

"什么？"

"像个小姑娘那样讨论衣服和配色？"

"太空服可不是一般的衣服，白痴。太空服是装备。"

"真的吗？"

佛罗里达对我讲述了太空服的发展史，让我大开眼界。重复一遍：是佛罗里达·科尔比对我讲述了太空服的发展史，这简直比被外星人绑架还要令人意外。

她解释，由于太空环境并不友好，需要太空服在狭小的空间内模拟我们的地球，提供氧气，在极冷或极热的条件下维持恒温，阻挡宇宙射线，保持正常压力。只有维持住地球的气压，人体才不至于散架。但太空中没有气压，所以得自行制造，也就是说人们要穿着充满气的鼓胀太空服走在一个巨大的气压泡里，才能在太空中活动。这固然没什么大碍，但毕竟太笨重了，专家一直都在寻找更好的替代品，比如自带压力的紧身服，或是裹得更紧的潜水服。不过问题在于，太紧身的服装不仅穿得难受，还不容易套上。德拉克斯博士便提出了一个解决方案 —— 液态太空服。这种太空服可以喷洒在身上，像是厚厚的油漆，一开始很黏，冷却后会变得又硬又有弹性，跟橡胶差不多。佛罗里达把她手机上的照片给我看，果真是"恐龙战队"的效果。在朝自己喷漆之前，他们先在身上缠上电线，里面埋了靠抽拉就能启动的微型马达——这种东西被称作"附加肌肉"，帮助那些在地球上只能跳一点五米远的人在太空跳个六米。太空服里还有导管之类的东西，可以帮助直接排尿，因为脱掉装备就得喷上溶剂再等一个小时左右，要是尿急了，谁还等得了？

我之前说，这一整件事真是令人意外。但最让我意外的还是佛罗里达。佛罗里达·科尔比居然在探讨气压和重力。我问："你是怎么知道的？"

"大家一整天都在说这个。"

"你是怎么听懂的？"

"我又不笨。听说我不知道气压和重力，其他几个爸爸都很惊讶，还听说我还不会游泳，他们更惊讶了。"

"我也不知道你不会游泳。"

"马丁内特先生说，你就是个毫不关心女儿的醉鬼。我们在特殊的池子里游泳，学习逃生服在无重力条件下如何作用。但我不会游泳，他们都震惊了，还说当爹的首要任务就是教会孩子游泳，所以他们就教了我。萨姆森一世解释了什么是浮力，马丁内特先生把我丢进深水区，仙拿度先生还承诺，要是我能游上一段，他就买一个游泳池送给我。他们都表示，像我这么独一无二的小孩摊上像你这么欠考虑的老爸，真是太惨了。"

"你搞清楚，我又不是你的真老爸，只是六年级时坐你后面。

我才懒得教你游泳。欠考虑的是你家里的老爸，不是我。"

随后我发现自己说了不该说的话，因为她忽然沉默了，好像"瘟疫之地"的恐惧魔王瓦里玛萨斯升级了可怕的新武器，而不是什么周日的晨间安宁。

我说："佛罗里达……"

她回应："别跟我说话。"

"我只是……"

"叫你别跟我说话。"

"我不是有意……"

"别跟我说话。"

"我还从没见过……"

"别跟我说话！"

"但……"

"求你别再说我老爸了好吗！现在不能说，以后也不能说，总之你给我闭嘴。我告诉你，我老爸可好了，他环游过世界，去过很多很远的地方，所以给我取了这个名字。他会给我买礼物，会叫我公主。他从没忘记过我的生日！"

她愤然离去，重重摔上了我房间的门，然后是她自己房间的。

《怎样与青春期的孩子沟通》里提到，当孩子摔门的时候，随他们去，让他们冷静一下，但不要走近他们。听作者的口气，仿佛过去开门会让你的身体消失一样。

我只能一个人坐着看《心灵有约》，这一期是德古拉出场，抱怨自己遭到误解。"我只是把人钉在木桩上，以前又不是什么稀罕事。都是媒体瞎搞，才造成了负面印象。"

忽然，佛罗里达打开房门，冲我大喊："对不起，我刚才在气头上。可你不该进来哄我吗？"

"呃，这不行。你关上了门，就是在给自己营造私人空间，我最好还是尊重你的需求。"

"你在说什么？"

"这本书里写的。"我把《怎样与青春期的孩子沟通》里有关孩子摔门的地方指给她看。

佛罗里达说："这得房间里有电视才行。我在里面好无聊。"

"还有书可看呢。"

她瞪着我。我说："开个玩笑。"

她瞪得更狠了。"你真以为我是笨蛋吗？"她嘴唇一撇，"没准我就是笨蛋。"

她马上要哭了，这下轮到我快被吓傻。我急忙说："佛罗里达，别哭。书里说，孩子一哭，爸妈就得抱一个。求你别让我抱。"

"好吧，那就安慰安慰我。"

我说："你根本不是笨蛋。谁说你是笨蛋的？你其实知道很多东西，只是有些东西你不该知道，就这样。"

"什么意思？"

"嗯，你的记忆力其实很好。明星的名字你都记得住，他们的约会对象之类的，你也都知道。你存取信息的能力很强，只是那些信息不太有用。"

佛罗里达的表情缓和了一些。"今天他们围坐在一起，向我解释什么是浮力和压力，其实挺不错的。我终于理解了人体不散架

125

的原因，以前还从没考虑过。你也明白了吗？"

"略有了解。我好歹是尖子生。"

"教教我吧，毕竟你现在还是我爸爸。爸爸教孩子，天经地义，不是吗？"

"嗯，没错。"

"我爸爸太忙了，因为他是个重要人物。你却很闲，也没什么地位，那就教我好啦。我可以教你怎么当个好老爸，因为你这书太垃圾了。"

"行。"

佛罗里达若有所思，变得出奇地安静。她说："你瞧，手机的收件箱满了，得删掉旧信息吧？你觉得人的大脑也能这样吗？"

"嗯……不太确定。为什么这么问？"

"因为我的脑子装满了没用的信息，我想把它们都删掉，再存进有用的东西。你怎么看？有用的新知识说不定能赶走没用的旧知识，比如我学了什么是重力，就能忘记詹妮弗·安妮斯顿说她在抗击抑郁症的事儿。"

"也不用删掉所有东西。你脑子的内存可比手机大多了。存入新信息的同时没必要丢掉旧的。"

佛罗里达咧嘴一笑，模样马上改变了。这是认识这么久以来我所见的她最开心的一次。"也就是说，我能变得又笨又聪明？这也太酷了！"

啊，说件怪事，那天居然有人给我投票了。其实每个人都拿到了一票，我觉得自己那一票是佛罗里达投的，但她坚持不

126

承认。看来，投我票的人肯定认为自己穿不上裤子的人才是好爸爸。

票数	
埃迪·仙拿度	5票
马丁内特先生	1票
萨姆森一世	1票
利亚姆·迪格比	1票

呕吐彗星

第二天早晨，我被闹钟叫醒，感觉脑壳如针扎般疼痛。佛罗里达说那是宿醉的表现，昨天我喝了太多酒，想醒酒最好去大吃一顿油煎的英式早餐。"可惜今天早上得空腹，我们要参加一个项目。"

"我的'刺激项目'活动计划不得不完结了。"

"利亚姆，不就是宿醉嘛，你现在是大人，不要紧。大人经常宿醉的，只要喝点咖啡，遇到人开个小玩笑就行。"

"好吧。谢谢你，佛罗里达。"

尽管设施还没有完工，场地上随处可见工人和挖掘机，但"无限乐园"势必成为世界上最大的游乐园。乐园的入口是一座两枚火箭相交形成的巨大拱门。园内有树木、庭院、湖泊和瀑布，还有很多造了一半的火箭形状的游乐项目，处处是鲜艳的颜色；园外则是无边无际的米色沙漠和绵延不绝的山脉。

我们坐在履带小巴上，由德拉克斯博士担当向导。"在'无限乐园'，"她说，"有些项目并不是传统的游乐项目，对游客有一定要求，体验过程中可能会产生危险，所以你们才需要接受训练，严格按照规则操作。对不起，这是保险公司要求我们说明的。你们有问题吗？"

哈桑举起手，问："能吃早饭了吗？"

"不能。还有问题吗？"

"能不能吃薯片？"

"不能。什么也别吃。"

"为什么？"

"过来看看你就明白了。"

德拉克斯博士带我们去了一个像牧场的地方，只是那里没有树，只有火箭，仿佛是座火箭果园。最靠边的地方停着一架飞机。

"这架飞机似乎没什么特别之处，"德拉克斯博士说，"跟载着你们度假的飞机差别不大，但其实它一扇窗户都没有，也不会载你们去度假。但它能飞出不止一条抛物线。有人知道这是为什么吗？"

萨姆森二世马上举手："无重力。"

"噢，萨姆森二世，你太聪明了！"

他爸爸说："他其实是公认的天才——"

"今天，"德拉克斯博士没理他，接着说，"大家都要尝尝失重的滋味。兴奋吗？"

那还用说。

"还有问题吗？"

"能不能就吃一包薯片？"哈桑问。

"哈桑，"德拉克斯博士说，"这架飞机的官方名称是德拉克斯通信的'零度星辰'号，但参与测试的人只会用更实在的叫法——'呕吐彗星'号。"

"呃。"

"因为上去的人基本都会呕吐。"

"哦。"

"所以不能吃薯片。"

"天哪。"

从外面看，"呕吐彗星"号是很普通的飞机，但里面完全不一样。偌大的舱内只有一排长凳，上面系了安全腰带，舱壁铺满了白色的大垫子，除此之外是空荡荡的一片。"大家可以把这里想象成空中的大型儿童游乐场，是不是很可爱？"德拉克斯博士说，"呕吐袋就放在座位底下。祝大家好运。"

我们纷纷把腰带扣好，佛罗里达小声嘀咕："失重是什么意思？能减肥吗？"

"就是……"我刚想解释重力的原委，引擎随即启动，飞机起飞。这不是一般的起飞，而是直线升空。升空的时间很漫长，为了防止脱离座位，我们只能抓紧长凳。耳鸣的声音十分响亮，我们都以为自己快聋了，我甚至觉得脑袋要爆炸，实在是难受。大家都努力不去设想可能发生的情况，但这并不容易，因为萨姆森二世已经在向佛罗里达显摆，大讲特讲关于失重的知识——我们会如何攀升到惊人的高度，然后下行的速度将远超我们被击落后自由落体的速度。

马克斯哀号道："爸爸，叫他别说了！"

马丁内特先生严厉地瞪了儿子一眼："马克斯，在恐惧面前隐藏是没用的，恐惧总会找上你。你必须正视恐惧，笑脸相迎，最后坦然路过。要牢记，恐惧是勇气的敌人。"

"是的，"萨姆森二世喊道，"你要明白，现在重力异常，你的脑垂体受到挤压，分泌出的肾上腺素要比平时多，这是导致你比平时更恐惧的部分原因。你应该享受这种纯粹的感觉。"

马克斯支支吾吾："但……"

"马克斯，"他爸爸喝道，"我要求你享受这种感觉！"

"让我下去！"哈桑大叫。

"要知道，"埃迪·仙拿度说，"美国国家航空航天局也在自己境内做类似的试验，只是每次要花两千英镑。别觉得这可怕，这可是捡了便宜。"

佛罗里达死死抓着我的胳膊，但我感觉还不差。飞机爬升得越高，耳朵就越痛，我越来越相信自己以前有过这种感觉。忽然我明白了，转头对佛罗里达说："就是'激流勇进'嘛！"

"啥？"

"这感觉就像很刺激的'激流勇进'。你应该记得吧？船吭哧吭哧升到高处，越过顶端……"

"哦，没错。"佛罗里达说着，稍微松了松手。

"就想象船升到了六千多米高的地方。唯一的区别是最后不会被淋湿。"

佛罗里达冲我大笑。这么做的滋味确实不一样，我们的耳朵不只感觉到可怕的气压，还感到了脑中洋溢的兴奋，就像气球充满了气。扩音器里传来一个声音："正在靠近曲线轨迹的顶端，请解开安全带，准备进入间歇失重状态。"

"要来了！"佛罗里达松开我的胳膊，振臂高呼，仿佛真的坐上了"激流勇进"。马丁内特先生却把我另一条胳膊抱得更紧了。

"请注意，呕吐袋位于座位下方。"扩音器播送道。

马丁内特先生还不放手。他非但没有解开安全带，也没有去取呕吐袋，只是坐在原位，闭眼深呼吸，死死抓着我的胳膊。

我刚想拨开他的手指，机舱内就失重了。

我站起身，挣脱马丁内特先生的怀抱，试着迈开步子。第一步比预想中要大，第二步更是大过了头。跨到第三步，我直接飘了起来。

有那么一小会儿，我像超人一样一头栽了下去，可脚还在上升，于是我完成了人生中第一次两周空翻。我"哇"地吼起来，等直起身子才看到佛罗里达。她像玩捉人游戏那样，用手戳了戳我，喊了声："碰到了！"我被她弄得晕头转向，朝反方向飘去。我再次直起身子，看到的却是萨姆森二世。我想也没想，碰了他一下，他大吃一惊，一脸迷惑，好像以前没人碰过他似的。我试图做出划水的动作（这感觉像是在空中游泳），但忽然间重力恢复了，我的一只脚踏到舱底，还没回过神，大家都已经站回了地上，只有马丁内特先生还绑着安全带维持坐姿。

佛罗里达抱怨道："所以这玩意儿干吗要叫'呕吐彗星'？根本没人呕吐。"听她的口气，仿佛该想办法的人是我。

扩音器又响了起来："已沿着第一条抛物线升空。准备进入第二条抛物线的轨迹。"

"还来啊！"马丁内特先生又抓住了我的手。

之前发生的事重复了一遍。飞机爬升，耳朵作痛。哈桑吵着要下去，话音刚落，大家又飘了起来。

不知是谁在我背上捶了一下，我做了一次空翻，头一抬起来就看到萨姆森二世在冲我傻笑，嘴里喊道："我也碰到你了！"一边还竖起大拇指。

忽然有人喊了声"停"，原来是马丁内特先生在说话，他还系着安全带，但已经有点浮起来了，好像一只牵着线的气球。"飞行员失控了！"他咆哮道，"这是突发情况！得求助！得……"话还没说完，他呕出一团东西。呕吐物像是一颗小小的绿色星球，在机舱内飘荡。

"瞧！"佛罗里达嚷道，一手指着呕吐物，仿佛那是世界上最有趣的东西。她挪到呕吐物前面，敞开呕吐袋，把那颗"呕吐星球"装了进去。"进球！"她喊道。

待我们又回到地上，佛罗里达把呕吐袋给我看。她自豪地说："我接到球了。"

"我知道。"

"想看吗？"

"不想。"

在飞机降落后，佛罗里达还想把呕吐袋给德拉克斯博士看。我劝佛罗里达别这么做，说："佛罗里达，德拉克斯博士肯定不想看的。"

"咳，我还是挺想瞧瞧的。"德拉克斯博士笑道，"我看过监控，不得不说，佛罗里达接住马丁内特先生意外呕出的东西时，表现出了惊人的协调性和灵敏度。我觉得你具备成为优秀太空人的素质。"

佛罗里达满脸通红，她环顾四周，确保有人在听。然而事与愿违，大家的眼光都集中在飞机上。一个头发用丝带束起的小女孩急匆匆走下舷梯，来到停机坪上，两臂僵硬地放在身侧。我们都好奇地想着同一件事儿：她是怎么上飞机的？我们飘起来的时候，她又在哪儿？她似乎跟佛罗里达差不多大，但她站在德拉克斯博士身边的样子不由让我想到了萨斯夫人主持师生大会的画面：腰背挺直，纹丝不动，等待台下的人保持安静。

德拉克斯博士说："啊，各位都来见见我女儿沈健。今天是她开的飞机。"

埃迪·仙拿度说："你又在开玩笑了吧。"

"怎么会呢？"德拉克斯博士说，"'无限乐园'的宗旨就是，给孩子们机会，让他们展现才华。沈健今年只有十三岁——"

"才十三岁？！"马丁内特先生嚷道。

"……可她驾驶飞机的技术是一流的。"

在场的人都大跌眼镜。

沈健说："'无限乐园'很信任年轻人，所以我九岁时就开始接受喷气式飞机的驾驶训练。为了实现长途的宇宙航行，未来的宇航员肯定都是年轻一代。我就代表着未来。"

见我们都惊诧不已，德拉克斯博士显然很享受。"有问题吗？"她问。

佛罗里达说："这套连体服真好看，我喜欢口袋的细节设计。我们也能穿吗？"

"有可能会让你们穿。"

"看上去很有宇航员的样子。我也想要。"

"有什么跟服装无关的问题吗？"德拉克斯博士没好气地问。

"这很有启发。"萨姆森一世说，"萨姆森二世能做到很多大人也做不到的事。亚历山大大帝十三岁时就是伟大的领袖了，当然，就连他也没开过喷气式飞机，因为那时候飞机还没发明出来。"

飞行结束后，大人们都要去医生那儿验血、量血压。

"迪格比先生，"轮到我时，大夫说，"您的新陈代谢只有十二岁孩童的水平，请务必向我说出您的秘密。"她朝我挤了挤眼睛。

下一个轮到马丁内特先生了。他说："我觉得他的智商也只有十二岁孩童的水平。飞机失控的时候，这家伙居然玩起了捉人游戏！"

"飞机失控？"大夫问，"可我听说旅途很顺利啊？"

"对外是这么说，"马丁内特先生回应，"还不是为了保险金。"

我从诊室出来，看到佛罗里达在等着我。她没有像平时那样去找最近的电视，真是稀奇。她依旧满脸通红，但笑容里带着一丝忧心。她问我："刚才那是怎么回事？"

"什么？"

"刚才我们怎么会飘起来的？"

她这态度太客气了。根据我玩游戏的经验，这里面往往有陷阱，但见她这么尊重我，我还是喜不自禁。我开始解释什么是地心引力，并告诉佛罗里达，如果远离地球，引力就会减弱，人就会飘起来。

"好吧，可引力又是什么？我是说，引力怎么运作？"

"嗯，所谓万有引力，体积庞大的物体——比如星球——引力大到可以吸引其他物体。地球就吸引了月球，月球对地球又施加了引潮力。"

"引潮力是什么玩意儿？"

我试图向她解释潮汐的涨落。但我讲得越多，发现自己不懂的也越多。

"利亚姆，"佛罗里达说，"你根本就不懂，是不是？"

"嗯。"

"那晚上我们搜索一下。"

"晚上不要放明星真人秀《星梦牙科》吗？"

"不用看了。这期请的汤姆·克鲁斯，最后他们会发现他装的全是假牙。节目得假装不知道。"

这回，我对拿到全部选票很有把握，毕竟我是唯一一个真正享受失重状态的大人。然而我只得了一票，别人也是如此，没有产生变化。我问佛罗里达："这投票有什么意义？谁会把票投给别人的爸爸？除非是被某人用冰激凌收买了。"

"我就没投给你。"佛罗里达说。

"什么？！又没投给我？为什么？你不是说要帮我的吗？"

"我投给了马丁内特先生。"

"你……啥？为什么？他吓都吓死了好吗！而且在跑道上就晕

了，还吐了。"

"我知道啊。那不是很好玩吗？"

票数	
埃迪·仙拿度	6 票
马丁内特先生	2 票
萨姆森一世	2 票
利亚姆·迪格比	2 票

宇航八卦

那天晚上，佛罗里达的确花了大力气来查阅有关引力和航天的知识。

她看的虽然是正经内容，但有一颗日间电视节目的娱乐脑，这无意中让她发现了新的知识天地：宇航八卦。"瓦伦蒂娜·捷列什科娃是世界上第一位进入太空的女性，她乘坐的是'东方6号'。你猜怎么着？她的结婚对象也是个太空人……"

"宇航员。"

"还是苏联的宇航员。他们生了个太空宝宝！超可爱！小小宇航员。"

我倒宁愿她说的是小甜甜布兰妮的幽灵狗。

重力可不是低等怪

　　"无限乐园"的中央有一座"无限穹顶"，外面装满镜子，一走过去就能看到镜子里的自己正向自己走来。入口是一扇窄门，镜子向里弯曲，靠近了会分不清哪个是真人，哪个是镜像，仿佛进入了通往异次元的传送门。穹顶里面非常大，囊括了最好玩的项目，这些项目都前所未见，它们的名称都和航空航天史有关："极致跳跃""恐怖湖""风暴海"。而规模最可观的"大旋涡"，俨然是巨人国的厨房搅拌器，我们一早抵达的时候，它正在转轴上转得飞快，仿佛马上就要散架。控制机器的人是一个被称作"宾先生"的老爷爷，看上去年纪很大，却有一张童颜，双眼水灵灵的，走起路来轻盈得仿佛没有重量。他一见到我们就热情地打了招呼，按下几个按钮，"大旋涡"逐渐慢了下来。

　　"你们绝对想不到这是干什么用的。"德拉克斯博士笑道。

　　自然没人知道这十八米宽的搅拌器里究竟有什么洞天。德拉克斯博士冲宾先生点点头，宾先生朝我们眨眨眼，又按下几个按钮。门开了，里面是一道斜梯，从那儿走下来的竟然是沈健。

　　大家惊讶地倒吸一口气。"你怎么在里面？！"佛罗里达难以置信地问，"你是怎么熬过来的？要是他们把我甩成这样，我肯定会变成一碗汤。"

沈健先鞠了一躬，再挺直身子，表明自己没有变成一碗汤。

德拉克斯博士说："'大旋涡'其实是一台洗衣机。等你们准备好了，我们就把你们送进去甩一甩，体会一下变成内裤的感觉，怎么样？"

"这样好难受啊。"佛罗里达说。

"那是当然，尤其是一开始。不过不用多久你们就会习惯了，就像沈健一样。瞧，她一点儿也没犯晕。"

沈健又鞠了一躬，表明自己既没有变成一碗汤，也没有犯晕。

"昨天大家玩得很开心，发现了什么是失重；但今天，你们要体会超重，也就是在离心机里旋转的状态。兴奋吗？"

不知道为什么，比起在巨型洗衣机里转来转去，我觉得在大飞机里飘来飘去似乎更有意思。

佛罗里达还在思考有关重力的问题："如果人们能在低重力环境下浮到空中，那么来到高重力环境，岂不是会陷进地里？"

听到这话，萨姆森二世和马克斯咯咯直笑，萨姆森一世翻了个白眼，马丁内特先生则是哼了一声。

要是在几天前，我可能也会放声大笑，但现在我觉得不一样了。我回答说："不会的，佛罗里达。你不会陷进地里，只会觉得负荷很重。"

"你们要承受 15 个 g，"德拉克斯博士说，"也就是十五倍的重力。"

这种配置可是"奇妙乐园"里"宇宙穿梭"项目的三倍多。我试着想了想三倍大的"宇宙穿梭"会是什么模样。据说很多人到五倍重力就会晕过去，而我们要经历的却是比人家晕过去的程度还要多两倍的环境。这可真是太可怕了。

宾先生敞开钢铁门，里面有一条大金属臂，两端各有一个小座位，就像"魔兽"里杜隆塔尔的兽人部落大酋长奥格瑞姆·毁灭之锤做出来的跷跷板。

德拉克斯博士说："所以，你们要承受的负荷，将是平时的十五倍。"

佛罗里达举手发问："也就是说，要增重咯？！"

大家又咯咯咯地笑起来。

佛罗里达无动于衷。明知道别人会嘲笑，可她还是想知道，于是把问题问了出来。

我说："到时候会变重，不过一旦恢复到正常的重力，就会马上轻下来。"随后我加了一句："明白了吗，公主？"

佛罗里达笑嘻嘻地看着我。"明白了，爸爸。"

德拉克斯博士接着说："我知道15g听上去是很重，但人体的耐受程度不止如此。赛车手大卫·普尔雷还经历过180g呢，最后照样活了下来。如果他能做到，你们也没问题。"

萨姆森一世说："那赛车里的重力可真大。他是怎么做到的？"

"他踩下油门直接撞向砖墙，时速172千米。言归正传，谁要第一个？"

"你确定他没死？"

"当然没死。要不然呢？反正我也不确定。不过，总之火箭要比车安全多了。"

萨姆森二世问："你确定火箭比车安全？"

"当然。"佛罗里达说，"太空里可没有砖墙，不是吗？"

马丁内特先生希望马克斯打头炮，因为"那才是赢家的风范"，但马克斯没有改变自己的立场，他爸爸逼他去的时候，他只是不停地嚷嚷："不！我不想去！"

马丁内特先生恶狠狠地说："你真给我丢脸。"

埃迪·仙拿度试图收买哈桑，让儿子先上。哈桑也无动于衷。他爸爸发火了："你这是在让我出丑。"

萨姆森一世想要向萨姆森二世说明，重力不过是一种自然力，不需要害怕，一边还吵着要儿子"考虑考虑自己的名声"，结果也无济于事。

我对佛罗里达说："我们抢先吧。让他们看看我们这一队的厉害。"

"我不要去。"

"你玩过'宇宙穿梭'吗？"

"没有。我身高不够，记得吧。"

"'百事高'呢？"

"队伍排得太长了。"

"'致命创伤'呢？"

"太吓人了。"

"嗯，我以前玩过的大型游乐项目跟现在这玩意儿也差不多。你想知道这种项目最烦人的地方是什么吗？"

"是什么？"

"就是要排队，眼睁睁看着别人在上面尖叫、呕吐，简直糟糕透顶，所以最好还是第一个去。这样的话，那些嘲笑过我们的人就得站在原地，眼睁睁看着我们，然后变得越来越害怕。"

佛罗里达很喜欢我的语气。

于是我们信步从几位爸爸跟前走过：马丁内特先生正在戳马克斯的胸口；埃迪·仙拿度正拿了一沓钞票朝哈桑晃晃；萨姆森一世则忙着画图表，向儿子证明重力并不可怕。我们来到了离心机边上。

"佛罗里达·迪格比，"德拉克斯博士笑道，"你显然拥有当太空人的素质。"

宾先生带我们走进"大旋涡"，教我们系好座位安全带。我和佛罗里达各坐在跷跷板的一端，而我的座位明显太小了，我非得把两腿弯起来并得紧紧地才能坐进去。弄好以后，我发现佛罗里达开始有点紧张，于是我问："宾先生，以前有人坐这个死掉吗？"

"你说这台老机器？没有，先生，没有人死掉过。"宾先生把几根导线接到我们的指尖上。

"请别说'凡事都有第一次'。"

"好吧，我正要跟你们澄清，你们不是第一个上来的。我会监控你们的心跳和相关数据，一旦你们的身体吃不消，我就会让机器停下。"

有一阵子，"大旋涡"里什么反应也没有，一片寂静。佛罗里达忍不住说："我现在非常非常害怕。"

"你想啊，如果我们只是非常非常害怕，那他们肯定要非常非常非常害怕了。再过几分钟，我们就完全不会害怕了。会没事的，公主。"

"其实现在不用叫我公主。你说出来好奇怪。不过还是谢啦。"

只听"轰"的一声巨响，我们惊声尖叫。两个座位先是猛地往边上一甩，接着又纹丝不动。

我不禁心想：咦，居然坏了。

突然机器动了起来。

玩过"太空穿梭"的人都知道 4 个 g 的重力是什么滋味，那个已经有点恶心和害怕了，但只要展开双臂假装自己在飞，就会好受一些。升入空中的那一刻，只要想着没有比这更糟糕的体验了，事情就会越变越容易……

然而"大旋涡"截然不同，4g 只是一个开始。

扩音器里传来一个声音，告诉我们负荷已经升到 5g。这时已经伸不开手臂了，因为手臂无法活动，空气仿佛凝固了，把人夹在其中，呼吸也变得困难。我开始想，肯定快结束了，速度肯定要慢下来了。但速度丝毫没有降下来，我们越来越快。

扩音器里传出的声音告诉我们，负荷已提升到 8g。我感觉自己的眼睛快成了葡萄干，除了一片模糊，什么也看不到。可机器还没有停下来，速度反而越来越快。

当负荷提升到 12g 的时候，有一种被压缩成二维平面的感觉，像是动画片里痒痒鼠和挠挠猫刚刚被蒸汽压路机碾过。我以为自己已经死了，甚至有点享受这感觉，这时扩音器又响了，说负荷已经提升到 15g —— 这可不是开玩笑，我感觉像有一只嗡嗡直叫的空竹一个劲在我耳边作响。没过多久，我的胸口有种炸开的感觉，但四周的空气非常稠密，我身上的皮肉飞不出去，只好留在原位，维持原形，但彼此之间已经不再连接。

接着，速度开始慢了下来。

就像痒痒鼠和挠挠猫被蒸汽压路机碾过以后，又被打气筒弄回了平时的形状，简直太神奇了。一时间我一句话都说不出，就怕一张嘴身体又会萎缩。我望了望佛罗里达，她先是"哈哈哈"地大笑了一阵，还拖长音叫了声"哇"。

我模仿起了大公鸡，"喔喔喔"地叫了起来。我一般是不会发出这种声音的。

门开了，真为我们俩感到自豪，我刚想大摇大摆走出去，却发现自己丧失了大摇大摆的能力，我根本走不成一条直线。

"佛罗里达，迪格比先生，快坐下休息。你们的表现太棒了。"

我想德拉克斯博士的意思是让我们找位子坐下，但她话音刚落，我和佛罗里达就双腿一软，一屁股坐倒在地。

马丁内特先生这时候还在对马克斯放狠话。

埃迪·仙拿度则恳求德拉克斯博士放哈桑一马。"我亲爱的宝贝哈桑真的不想进去。"

"宝贝哈桑恐怕是逃不掉的，除非他不想上太空。"

我心想，有些人就是管不住孩子。这时大家都闭上嘴，冲着我看。显然，我不小心把话说出了口，声音还不低。

"那么，"马丁内特先生喝道，"你以为自己管得住孩子？"

"我觉得自己已经管住了。"我耸耸肩，指了指佛罗里达。她厚着脸皮冲马丁内特先生摆了摆手。

我本该就此打住的，但既然他这么说了，我确信自己可以做得更好。萨姆森二世也叫了起来，连说了四个"我不去"。谁叫他们嘲笑佛罗里达的！要是萨姆森二世没听他老爸的话，听了我的话进去了，那就有他老爸的好戏看了。

我决定出击。"喂，萨姆森二世，你玩过的最大的游乐项目是什么？"

萨姆森二世一脸迷茫。

"你坐过反转过山车吗？"

"没有。"

"普通的过山车呢？"

"没有。"

"反转蹦极呢？"

"我只坐过跷跷板。"

"跷跷板？"

"也不是真的跷跷板，只是一个大模型。我是趁爸爸不注意坐上去的。对不起，爸爸。"

"所以跷跷板那头其实没人？"

"对，不过我反复用腿把自己往上提。"

"所以你只坐过一头有人的跷跷板？"

"很好玩啊。"

怪不得他会害怕。想想看，一个从没玩过正经跷跷板的人，居然要坐进"大旋涡"。我试图向他解释这些项目的前景：再过几个月，穹顶里就会挤满游客，他们付钱、排队，就想上"大旋涡"

找乐子。

可他还在问："他们怎么就不害怕呢？"

"他们会害怕，也会被吓到。但这都是他们自愿的，因为会感觉很爽、很刺激。他们会带朋友来，这些朋友也会嘲弄、怂恿他们。要知道，我们可是幸运儿，因为根本不用排队。"

萨姆森二世望了望"大旋涡"："好吧，我去。"我冲他老爸露出笑容，心想，让你嘲笑我们。接着，萨姆森二世继续说："前提是你跟我一起。"

"什么？"

"你不是说很好玩吗？那你肯定想再玩一次。"

"呃，我不想……要是我代替你爸爸去了，对他不公平。"

"我无所谓。"萨姆森一世几乎脱口而出。

"好吧，没准德拉克斯博士不同意。"

"迪格比先生，给孩子的逻辑挑错是很难的，"德拉克斯博士说，"既然你在休息，再上一次'大旋涡'也无伤大雅。"

经历第二次倒也没那么糟糕，唯一的麻烦是座位实在太小，坐得人很不舒服，等到时间凝固的那个阶段，我压根儿动也动不了，沮丧的感受一直杵在我脑海里，压倒了一切，让情况变得更为难熬。谁要是得忍受长期的非常规重力，我建议你尽量想点开心事。

测试结束后，萨姆森二世花了一阵子才稳住呼吸。接着他问："完了吗？"

"完了。感觉如何？"

"获益匪浅。"

"获益匪浅？"

"没错。重力根本不是图表里描述的那样。"

等我们走出来，感觉像是过了很多年，但外头还是老样子：哈桑还在跟他爸爸说他不想去；马丁内特先生还在戳马克斯的胸口，说他是个废柴，马克斯理都不理，直到他看到了我，才说"我要去"。

"好孩子，马克斯。"马丁内特先生说着，瞥了一眼仙拿度先生，明摆是这个意思：我家的孩子就是比你家的要厉害。

"前提是他跟我一起去。"马克斯指了指我。

于是我第三次爬进"大旋涡"的座位，心里只想着扮成大人之后遇到的开心事。我本应该待在滑铁卢中学的操场上，但事实上却进了戈壁滩，不仅开了车，还坐了飞机。马克斯在座位上往前凑了凑，说："上次的票是我投给你的。"

"是你投的？！"我还纳闷到底是谁呢。打死我也想不到是马克斯。

"这次我也会把票投给你。我不想跟我爸爸一起进来，人选只能是你，因为你是个废柴。"

"你说什么？"

"你是个废柴。"

"谁是废柴，我可是尖子班的。"

"你从沙丘上跑下去的样子，可笑死我了，"马克斯说，"还有你穿着太空服在地上滚来滚去的样子，你没忘记吧？"

"我记不得细节了。"

"你做蠢事的时候——"

"哪儿有那么蠢，我只是——"

"麻烦你今天也做点蠢事，好不好？"

"我会尽力的。"

"谢啦。"

话音刚落，周围就传来"轰"的一声。

我们又动起来了。等到时间凝固那会儿，我不再去想飞机和戈壁滩了，脑子里全是"废柴"二字，甩都甩不掉。

我们出来以后，哈桑还在说不。德拉克斯博士提议："如果孩子还要花时间做心理准备，也许其他爸爸可以抓住机会，轮流去坐。萨姆森一世和马丁内特先生可以一起，仙拿度先生可以和哈桑一起。"

被点到名的人都有点儿犹豫，但他们还有什么好说的？只能乖乖从命。这回换我在外边观察了。一开始，那台"吭哧吭哧"的洗衣机，似乎放进了什么毛织品，之后成了褪色的棉布，机器运转得飞快，就像甩干机那样烦人，没一会儿，速度忽然降下来了。我问："怎么了？出问题了吗？"

"没问题，"德拉克斯博士答道，"还在正常运行。他们待在里面的时间和你一样长。"

"我怎么觉得我待在里面的时间更长？"

"都一样的，一共六分钟，15g 对应有一分钟。"

"就一分钟？！"

"怎么？"德拉克斯博士说着，仔细打量自己的手指甲，"觉得不止一分钟？"

我感觉自己度过了人生的一个阶段，仿佛已经上完了小学。

爸爸们走出"大旋涡"，佛罗里达还兴冲冲地以为他们可能会吐，可惜她没有如愿以偿。

等人都出来了，哈桑望着我说："既然别人都跟你去了，我也要去。"

"我真有点累了。"

"这很不公平。别人可以，凭什么我不可以？"

德拉克斯博士表示，她也认为我今天确实足够卖力了。

哈桑却说："爸爸，叫他无论如何也要跟我去。"

"你爸爸恐怕不能这么要求他。"德拉克斯博士说，"因为事情不是那样的。"

埃迪·仙拿度讪讪地走过来，对我说："你要多少钱，迪格比？送你手表，还是车？"

"送我车？算了吧。"

"我想你没办法收买迪格比先生，仙拿度先生。"德拉克斯博士解围道。

这下轮到哈桑悄悄对我说："跟我去吧，我投你一票。"

我意识到，自己没有被仙拿度先生收买，倒是被他儿子说动了。

第四次进去，我已经知道恍如一生一世的15g体验其实只有一分钟，过程也就更容易了。我正要调整到好心情，哈桑却说："我的祖国打过一场仗。"

"是吗？"

"当时军队进村，要带走所有小孩。我爸爸塞了点钱给军队的老大，叫他留下我。"

外面传来引擎加热的声音。哈桑语速更快了："因为这件事，他爱上了钱，因为钱帮他解决过问题。"

"好吧，听上去挺合理。"

"也是因为这个，他想要更多的钱。我眼睁睁看着所有的小伙伴被带走，学校里的同学一个不剩。我是看着家里被烧掉的。"

哈桑刚说完，引擎就启动了。不论是到了永恒凝固的一刻，还是测试终止的一刻，我的脑海中总是出现布特尔的格莱纳姆巷着火的画面，爸爸妈妈和佛罗里达都被军队带走了。只有哈桑笑眯眯的，他说："感觉实在太棒了！我还想坐一次。"不错，我也觉得任何事都要好过家中被烧、伙伴被带走。哈桑蹦蹦跳跳地走下机器。

"别忘了投票啊！"我冲着他喊。

这回大家都给我投了一票。

票数	
利亚姆·迪格比	6票
埃迪·仙拿度	6票
马丁内特先生	2票
萨姆森一世	2票

最后一次投票机会

这台机器名叫"倒数第二",意味着它是太空中第二好玩的东西。它的外表没什么特别的,但是造得更大一些,一走进去,里面是史上最具规模、条件最为先进的飞行模拟器,还原了"无限可能"号的控制舱:内置多功能显示仪,五个座位,还有供人消遣的第三代 PlayStation 游戏机。看得出,这将成为最受瞩目的游乐项目,因为它位于穹顶中央,排队的通道大概有一公里多长。佛罗里达路过了"排队还需四十五分钟"的牌子,显得非常享受:"这像是给很多明星用的。有报道说,切斯顿冒险世界[1]开园之前,就曾让布拉德·皮特和他的小孩进去体验了一把。"

我们一上午都在"倒数第二"那儿学习怎样引导火箭重返大气层。"等到正式发射的那天,"德拉克斯博士说,"德拉克斯测控中心的专家自然会进行操控,但我们希望你们也能学着点,以防万一。"

舱内有一台像窗户一样的显示器,上面显示着地球,那张弯曲的大脸上有白云在飘动,还有海洋在奔腾。放大以后,就能分辨出地球大气层和太空的明亮分界。

---

1 切斯顿冒险世界,英国南部最大的主题公园之一。

宾先生一边向我们展示，一边说道："把那道光想象成信封的封盖，飞到底下就能回地球了，就这么简单，都是看角度。马克斯，你第一个来。"

马克斯走到控制台前，试着引导火箭进入大气层。屏幕上有箭头一类的东西显示角度，只要将控制舱的正前方对准箭头所指的方向。马克斯本来什么事儿也没有，但他爸爸站到他身后，一遍遍地叫他"别紧张"。他爸爸越这样，他就越紧张。忽然那道光变清楚了，一切就改变了。地球转了起来，大陆和海洋都混到一起，然后整颗星球消失得无影无踪，周围陷入一片漆黑。

"瞧，这就是马克斯没对准角度的后果……"德拉克斯博士说。

"我叫你看准角度的呀。"马克斯爸爸说，"你怎么就没注意呢？"

"……所以，"德拉克斯博士说，"火箭跃出了地球的大气层，像是打了水漂。说到这里，我父亲可会打水漂了，他最多能让石头跳二十下。"

"窗外"只有一片点缀着星辰的黑暗，我们"乘着"火箭，愈发深入太空。佛罗里达张口就问："能返航吗？"

"不能，火箭已经失控了。"

"可最后总会停下来吧？不会有例外的。"

"在太空里就不一样了，你只会永远飘下去。"

"没错。"萨姆森二世赞同道，"牛顿第一运动定律恐怕就是这么描述的。任何物体都会保持匀速直线运动或静止状态，直到外力迫使它改变运动状态为止。"

"那么，"佛罗里达说，"要是发射那天我们弹出了大气层，该怎么办？"

"那就抓牢扶手，好好享受吧。"德拉克斯博士笑道，"不过别担心，不会出事的。沈健，给他们展示一下。"

德拉克斯博士重置了模拟器，让沈健操作。火箭接近地球后，沈健从屏幕上读出了重力变化的所有数据。

"这样地上的专家就能听到她的声音，确认她还清醒。"宾先生说，"火箭返回大气层的时候，很多人会晕厥，手部的运动也会变得困难，所以一定要习惯从失重到超重的瞬间过渡。"

看起来分外熟悉的碧海白云一下子就消失了，屏幕上满是耀眼的烈火。

"这下又完了！"萨姆森二世吼道。沈健却连眼睛都不眨。"机器是不是坏了啊？"

沈健没理他，仍在报数。

宾先生说："我们仍然正常着，机器没有坏。那些光只是火箭进入大气层的效果。火箭的速度很快，外部的原子被电离了。看上去还挺壮观的吧？当然，等你们真的遇到这种事，就不会有时间观赏了。"

这时沈健喊道："重力5，上升。"

萨姆森二世说："意思是已经进入大气层。"

"回家喽，云雀。"宾先生笑道，"地球母亲正牵着你的手，可别掉下去啊。"

舱外的烈火如包装纸一般飘走了，蓝色的地球像礼物一样簇新。

每一个小孩都进行了一次引导火箭返回大气层的操作。光是在一旁看着，我就手痒了，因为世界上最精确的火箭模拟器——"倒数第二"，其实是个放大版的四代太空飞行模拟器（我玩这游戏一直能拿高分），就连控制台的布局也是一样的。要打通第七关，必须得完成返回任务。

　　我实在太想亲自试试了，但别的爸爸似乎毫不关心。马丁内特先生还说自己想起了以前上过的驾驶课，这就一下子打开了有关车的话题。马丁内特先生说自己开奔驰，仙拿度先生说自己只在周三晚上开奔驰兜风，萨姆森一世则说自己更偏爱路虎，方便在沙漠里出行，于是有关四轮汽车的话题被挑起来。他们讨论得很热烈，有种在玩卡牌游戏"顶级王牌"的架势。

　　"你呢，迪格比先生？你开什么？"

　　"我开车。"

　　"哪种车？"

　　"蓝的车……"我试图把注意力集中在"倒数第二"身上，"我不太懂车。"

　　"可你不是司机吗？肯定得懂点啊。"

　　我差点忘了自己的职业设定，于是说："司机主要得认路，车子本身……只是工具而已。"我想起了爸爸说起开出租时的话，"开出租车是关于跟人打交道的工作，不是车。你既要分析乘客的心理，又要当个好导游，总之什么都要会一点。我真的没空研究车……有一次我还送过一个小宝宝。"

　　最后一句话大概扯得有点远了，但我爸爸确实这么做过。别人都盯着我，似乎想叫我再送一次，验证一下。幸好宾先生对马丁内特先生讲了句话，叫他去控制台前。

马丁内特先生学着沈健的样子，非常顺利地进入了信封般的金色大气层。他环抱双臂，刚说了句"小意思"，这时屏幕上变成漆黑一片，模拟器传出声音："发生无法修复的严重错误。啊哦，你完了。"

"我才不会完呢。"马丁内特先生厉声道。

"现在是不会，"德拉克斯博士笑道，"但再过几秒你就完了。你忘了打开降落伞。"

下一位是萨姆森一世，他让火箭弹出大气层，跌进了外太空，可他一点儿也不惭愧，似乎还很享受加速的感觉，直到自己变成一束光。

仙拿度先生与其说要上控制台，不如说他想买下整座"倒数第二"。"这机器太高级了，要是能买下来，我就往里加上打怪的功能和衣着暴露的女外星人，肯定会大受欢迎，还能大赚一笔。"

"模拟器是训练项目的一部分。"德拉克斯博士说，"打怪不需要训练。"

"不过只要稍稍使把劲，"埃迪·仙拿度说，"就能赚钱了呀。"

"我已经赚够钱了，但还是感谢你的建议。"

就在这时，火箭的主体直接撞上了地球大气层，立马起火了。"太壮观了！"仙拿度先生喊道，"快把我站在控制台前的样子拍下来！我是真正的太空人啦！"他把手机递给我，叫孩子跟他一起摆好姿势，面露微笑。

接下来轮到我。我不想自吹自擂，但我玩四代太空飞行模拟器时曾闯到第五十关，这一关里要一边被巨乌贼追赶一边尝试返回地球，所以眼前这项操作一点儿都不难，德拉克斯博士仍旧表示很佩服，说："你介意再来一遍吗？只是想确认刚刚是不是因为新手运气好。"

这回，他们妄想困住我。在火箭靠近大气层的时候，来了一场意料之外的流星雨，还好这只是四代太空飞行模拟器的普通陷阱，只需记住流星雨有自身的引力即可，操作时别忘了校准坐标，否则火箭会脱离运行轨道。我第二次成功进入金色的大气层。

再次投票时，萨姆森二世问我，为什么能在"倒数第二"里那么如鱼得水，我说："我在 PS 上玩过类似的游戏。别说出去。"

"你玩 PS？"萨姆森二世问。

"在上面玩过一点儿，但我更喜欢《魔兽世界》那样的大型多人网游。"

"爸爸不太玩这种游戏的。"萨姆森二世说。

"不过玩一玩对太空人有好处。"

萨姆森二世笑了起来，点点头，走去跟别人说悄悄话。之后小孩们都去投票了。我相信自己会赢，因为我是唯一一个能在紧急情况下救他们命的人。我暗自算了算，现在我和埃迪都有六票，也就是说，如果我再拿三票，就稳赢了；即便只拿两票，也不会输，只要另外两票不都投给埃迪就行。

德拉克斯博士带着结果回来了，我的心脏兴奋得怦怦直跳。"孩子们已经决定了谁才是世上最好的爸爸。"她说，"这位爸爸即将成为太空中最好的爸爸，他今天得到了四票……"

四票。赢的是我，没跑了。我要上太空喽！

"获胜的是埃迪·仙拿度先生！"

埃迪总共拿了十票。我只拿了六票，排名第二。

我特意去问那些小孩为什么不把票投给我。佛罗里达耸耸肩："我只想拍照。"

"可我能操作机器啊。"

"话是没错，"萨姆森二世说，"你确实是最会开火箭的人，但这也意味着，你玩 PS 上的游戏也是最厉害的，我们都不希望大人这么会玩。会玩的人一连几小时都不死，其他想玩的人只能干坐着看。我们不想要控制台霸主，我们要的是不会玩游戏的人。"

小孩子就是这点最可怕。他们只为了多玩一会儿 PS 上的游戏，就投票选了一个对太空飞行一窍不通的人做同伴，连危险也不顾了。

半个世界的距离

德拉克斯博士希望孩子们都搬进"无限之家"对面的船员中心，适应一下仙拿度先生监护下的集体生活。

佛罗里达得到了一只蓝色的"船员专用箱"。我看着她在屋里跑来跑去，打包她的衣服、牙刷等物品，喉咙里泛起一股怪味。一开始我以为是重力引起的，但这么想太蠢了，这种事在地球上根本不会发生。

突然我想到是怎么回事了。

担忧。

我担心佛罗里达·科尔比。

毕竟，她要上太空了。

还没有我的陪伴。

到时候谁来照顾她？我早就习惯当她老爸了，现在她却要离开我。

我问："佛罗里达，你肯定自己会没事吗？"

她说："你这么期望我有事？我可要出名啦，就像巴斯光年那样……"

"是巴兹·奥尔德林。"

"……或者是那条叫莱卡的狗。它本来只是条杂种狗，但早于所有动物上了太空，那不就是最有名的狗了嘛，有人用它的形象做巧克力棒、毛绒玩具和纪念邮票，还有人为它写歌。它不过是条流浪狗，甚至没人知道它是什么品种，原本只是跟另外两条狗游荡在莫斯科的大街上，再后来就出了名。它只是条狗而已。"佛罗里达说，"想想看，我们要成为第一批上太空的小孩了，那会是什么光景！你怎么啦？"

她一定是看到我瑟缩了一下。我想着，莱卡最后死在了太空，万一孩子们也……

"咳，别以为我不知道。"佛罗里达说，"你不能去，所以嫉妒了吧。"

"谁说的？"

"我说的。"

"你说我嫉妒？！"

"说得你好像不嫉妒似的。"

"说得我好像嫉妒似的。"说话间，我又变得孩子气了，这我知道。要我忍住不这样，而是好好扮演爸爸的角色，并告诉她我很担心，这真是有点难。我脑子里忍不住地想，她要坐在一个六十米长的爆竹的顶上，朝太空轨道发射，哪种老爸会允许自己的孩子这么做？

不过我必须得送她去船员室了。看着她离去才是最糟糕的，她居然没有回头对我挥手，只是兴高采烈地和萨姆森二世聊天。他们走过"无限之家"，身影是如此渺小。

以前，我始终希望佛罗里达能从我身边滚开，可现在，我却满心希望她能转身跑回来。

　　那天晚上，我一个人闷闷不乐地待在屋里，感觉很不习惯。我坐在沙发椅上看了一整夜电视，《心灵有约》播到一半我开始打瞌睡，醒来的时候发现《星梦牙科》都播了一半；又一期《心灵有约》开始了，中途我睡了又醒，等第二天的曙光照进屋里，我心想，这下总能吃一顿培根三明治了吧，可没有找到培根，只找到了一片薄薄的、包装上写着"爆裂味蕾"的红肉。这句话肯定是对食客的提醒，因为肉一放上烤盘就开始冒火，触发了火警报警器。厨房里铃声大作，我被翻滚的油烟包围着。我突然想家了。

　　可能是这个缘故，我给妈妈打了电话。

　　让我惊讶的是，过了很久才有人接起来。

　　"喂？"听妈妈的口气，好像她以前从没接过电话似的。

　　"妈妈，是我，利亚姆。"

　　"利亚姆，你还好吧？"

　　"嗯，我很好。"

　　"你在干什么？"

　　我瞥了一眼湖区活动中心的时间表，今天已经是第六天了。"我们去池塘了，我抓到了……"我一时懵了，"……一只水虫。是很大的甲虫，它们的数量最近忽然减少了。"

　　"还干了什么？"

　　"攀岩。岩墙是新的，有十五米高。之后是溜索，这个项目人气一直很高，但非常安全。"

　　"太好了，利亚姆。你不怕吗？没做噩梦？"

"我不怕，也没做噩梦。"

"吃得还满意吗？"

"满意。味道一般般，但很健康。这里有食堂，吃完饭我们还要帮忙收拾，算是团队活动。"

"你真的没什么异常情况吧？"

"没有呀，我过得很开心。"

"你确定没骗我？"

"你怎么老是问我这个？"

"因为你打电话给我了。"

"我怎么就不能打电话给你了？"

"利亚姆，现在可是半夜。"

"哦。"

我只能想到用一个"哦"来回应，然后挂了电话。

我完全忘了还有时差这回事，这时才惊觉自己已经跨越了半个世界的距离。

不过，和佛罗里达要去的地方相比，我只不过拐了个弯而已。

那天晚上我非常孤单。那是我头一次独自在一间房子里过夜，感觉糟透了。可现在，我正孤身一人待在太空里。

万一发生事故……

第二天早上，埃迪·仙拿度和其他爸爸按要求去了穹顶里一家名叫"大荒"的酒吧见德拉克斯博士。"各位还有两份文件要签署。"德拉克斯博士一边说，一边分发表格和酒水单，"主要是这份正式的免责书。一旦签署，就等同于理解航天隐患，允许孩子前往太空。万一发生事故——这种可能性并非不存在——将由家长负全责。"

我实在不想考虑航天事故，所以盯着酒水单看。可选的饮料琳琅满目，我不敢相信别人只点了咖啡和茶。我发现了一种叫"宇宙淬火"的玩意儿，觉得非点不可，因为我最喜欢"宇宙"这个词了。

德拉克斯博士正在解释，说本次任务全程都是最高机密。"万一发生事故——并不是说可能性一定存在——我们将不会公开承认这项任务的真实性。因为万一发生事故——但其实不会——最坏的公关结果就是关闭'无限乐园'，想必各位都不希望看到这种结果。"

我问："所谓'出事'，嗯，到底是哪方面的事？"

"唉，你也知道人们有多爱小题大做。"德拉克斯博士说，"要是断了根脚指头，或是头痛，他们就会把事情说得十分危险。本次任务是我们的首秀，即便没有按照计划进行，我们也不会说下次再改进——我们不会承认它发生过。"她笑了笑，"迪格比先生，你心里明白。"

我想说我现在终于明白了，因为我们确实出事了，而且严重到了不会得到德拉克斯博士承认的地步。也就是说，根本没人来救援我们：不会有谁呼叫国际救援，更不会有什么 X 战警之类的。没有人知道我们被困在太空里，没有人知道我们将何去何从，以后也不会有人知道我们根本没到目的地。所以，自然不会有什么超速火箭来营救。

"宇宙淬火"原来是一桶可乐，上面漂了两个冰激凌球，顶上点缀着银色的小星星和一堆闪闪发光的东西。我脑补着其他人内心的想法：我真该点一份的，眼前这杯咖啡真无聊。他们一定也会想"这不是爸爸喝的东西"，但我一点儿也不在乎这些想法。

签合同的时候，埃迪·仙拿度还在表达获胜以后的喜悦。"真没料到我可以上太空，这是我曾经有过的梦想。小时候，我也在电视上关注过阿波罗任务，那时以为我们已经到太空时代了，还以为所有人都会上太空。后来我很失望，现在不会了。我还记得，飞船返航之后，父亲带我参观过月球岩石的样本……"其他爸爸也想起了当年排队参观的盛景，"岩石是灰色的，我又失望了一次。我还盼着它能像月亮那样发光呢。"

其他几位爸爸都大笑起来。萨姆森一世说："就连小孩也清楚，月球本身并不发光。它之所以那么亮，是因为反射了太阳光。"

仙拿度先生耸耸肩："是人总会犯错嘛。"另外两位爸爸点点头，似乎也觉得不要紧。可这太要紧了！他们怎么能放心地把孩子交给一个连月亮本身不会发光都不知道的人，让那人带孩子上太空？做任务之前，总得确认一切就绪：技能、装备、财富、体能、魔法药水……仙拿度先生有什么？什么都没有！他只是一个头脑空空的笑面巨怪，我们却要把孩子都托付给他。我强忍着不说话，因为我知道当爹的要懂礼貌，不能大喊大叫；我强忍着不冲上前去，只是站在原地安安静静地听他说："关键在于，这是孩子们决定的。他们觉得我是最好的爸爸，那我就要当最好的爸爸。请各位放心，我不仅会对哈桑好，对各位的孩子也一样。"

　　除我以外，其他人都鼓起掌来。我还没意识到自己在干什么，就听到自己说："呃，我不放心。

　　"怎么能把孩子交给一个连月亮本身不会发光都不知道的人，让那人带孩子上太空？我们怎么忍心让孩子上太空？太空并不安全。什么样的爸爸会允许孩子上太空？"

　　其他人小声嘀咕着，说这是千载难逢的机会，一生只有一次。萨姆森一世发话了："毕竟德拉克斯博士的亲生女儿都要去呢。"

　　"嗯，"德拉克斯博士一边收表格一边说，"这次她不去。"

　　"不去？"

　　"是的。她发烧了，我决定让她留下。她大概只是感冒了，但也不排除得麻疹的可能性。"

　　原来沈健是因为发烧才不上太空的。这个解释听起来是在说她为什么不上体育课。

　　我问："她难道不是职业的太空人吗？"

"迪格比先生，船员要干的事真的很少。艰巨的任务都会交给德拉克斯测控中心的聪明人去做。要知道，1969 年美国人的登月技术还不及开发一部德拉克斯手机来得复杂。跟我们打造的东西相比，他们当时的装备就跟原始人差不多。"

"真的万无一失了吗？"

"德拉克斯通信有一个叫'大规模余量供给'的政策，比方说，船舱内的氧气含量要达到规定数值的三倍，燃料也要多装载一倍，就连船舱的凯夫拉纤维层的厚度也要是普通级别的三倍，达成三重防弹保险。"

"防弹？何必呢？月球人难不成会用枪？"

"哦，那是防流星的。"

防流星的可能性我倒没料到。我说："我还是不希望让女儿上太空。这太危险了，虽然是很难得的机会，但在地球上她也能有其他难得的体验，而且不会被流星砸到。"

"迪格比先生，你这么关心女儿倒是值得表扬。"德拉克斯博士一边说这句话，一边和仙拿度先生一起走开了。

我猛地站起身，几乎是喊出这句话的："我要撤回我的许可！"

"从法律上讲，"德拉克斯博士挥了挥一张表格，"你已经给出许可了。再见。"

说完，她关上了门。

在太空里，没有多余的命

我连"宇宙淬火"都喝不下去，急着去"无限之家"查看火箭，希望自己会好受一些。火箭配备了额外的氧气罐和强化防弹层，看着很结实。宾先生站在一旁，抬头仰望，我问他："宾先生，以前有人坐这个死掉吗？"

"你是说这枚火箭？没有。这是一次性运载火箭，只能用一次，就像是一次性剃须刀，只有发射了才知道能不能用，不过那时候通常已经来不及。"

想到孩子们要搭着一次性剃须刀上太空，并不能令我安心，反而更加担心了。"乘火箭是会死人的。"宾先生接着说，"加斯·格里森就是因为'阿波罗1号'在发射台起火牺牲的，爱德华·怀特和罗杰·查菲也在大火中丧生。"

"好吧。"

"不过这是很久以前的事了。如今火箭的配置大不一样，不妨看一下近期的……"

"呃，我现在不是真的想看，只是问问。"

"……'哥伦比亚号'航天飞机的全体宇航员就是在重返大气层的时候丢掉了性命，他们一共有七人。'挑战者号'航天飞机的机组人员则是在火箭升空的时候死的，也是七个人，都很年轻。"

我郑重地向他道谢，说他已经回答了问题。但这并不能阻止他继续往下说：

"苏联的'联盟一号'载人飞船在返回大气层后发生了不幸。降落伞无法打开，宇航员弗拉基米尔·科马洛夫深知自己存活无望，通过无线电当着全国观众的面跟妻女交代后事，唉——"

"说实话，"我说，"够了。谢谢你。"我转身就走。

宾先生追着喊道："上太空可不是打游戏，死了不会有第二条命。"

听到这儿，我下定决心去船员中心接佛罗里达，把她安全带回家。实在不行，我们就走回布特尔。

不过，坐飞机显然更方便，于是我想问德拉克斯博士能不能给我们机票（那样对大家都好）。我大步穿过火箭发射台的运输轨道和架在火池上方的桥，重复了一遍要对博士讲的话。等我走近，只听到博士在大叫，德拉克斯通信的一辆工作车呼啸着驶向船员中心，仙拿度先生对博士吼了几句，然后猛地把行李丢进了车的后备厢。

车开走了，德拉克斯博士转身回屋，一看见我脸上露出非常诡异的表情。

"迪格比先生！"她说，"你是怎么知道的？估计被你猜出来了。不过我本该想到。"

我一点儿也听不懂她的话。她接着说："仙拿度先生彻头彻尾地背叛了我。"

原来，仙拿度先生兴冲冲地在"倒数第二"里拍照，并不是因为他喜欢笑。他只想拍下飞行模拟器和控制台的照片，然后把照片发给上海的一家玩具厂，叫他们为哈桑建一台玩具模型。

可惜，那家上海的玩具厂也属于德拉克斯博士。

"厂里报告了整件事。仙拿度先生当时还要谈卖玩偶的生意，他想把玩偶做成你们的样子，命名为'太空活宝'，你能想象吗？这些人究竟怎么蹦出这些主意的？不过，至少目前没造成什么损失，受罪的只是仙拿度先生自己，他不能陪孩子们上太空了。所以，机会得让给票数第二的人，也就是你，迪格比先生。"

"好吧。"

"你稍微消化一下。"

稍微？似乎没这么容易。不知怎么的，我的脑子忽然转不动了。

德拉克斯博士问："迪格比先生？"

"也就是说，我可以上太空了？"

我回头一望，发现自己大约距离"无限之家"1.6千米，但路上几乎没有障碍。"无限之家"依然遮天蔽日，我正站在建筑的影子下。

德拉克斯博士伸手指向墙上的巨大黑色汉字："你肯定知道这是什么意思吧？"

"不知道。"

"那是'无限乐园'的标语：世界皆游乐。"

"可这……"

"那天我打电话给你，你说过差不多的话，所以我才选中你。迪格比先生，你的看法似乎总结了我想说的，我知道你才是能去太空的大人。你让我想起了我的父亲，你们俩很像，都带着点童趣。"

我听见别的小孩在博士身后说笑，感到阴凉的影子打在背上。要是我也去，有什么差别吗？有我陪着，把女儿送上太空就合理了吗？我只要道一声谢，就能乘坐火箭了。

我深吸一口气，说道："德拉克斯博士，我知道你一直把我当成家长，可我其实不是。我还很小，就是长得太高了，还有胡须。我只是个男生。"

说完这些，我感觉好多了，仿佛重力一下子减小，身体变得轻飘飘的。我就装到这儿吧，不用再负什么责任。我才不管她会对我说什么。

德拉克斯博士只是笑了笑。她碰了碰我的手："我就是这个意思呀。你是可造之才，心中保留了童真，爱因斯坦一辈子都是这样。他说自己永远不会放弃孩童的思维方式，所以才有那些伟大的发现——"

"不，我不是说我想做个老小孩，而是我根本还没长大。"

"那太好了。本次任务中，那些认为自己已经长大的人是派不上用场的。他们总是觉得已经没什么可学的——"

"对啊，我还没念完书，一切才刚开始。"

"我也有同感。宇宙如此浩大，我们所观测到的只是沧海一粟。我宁愿大家都有自知之明，不想看到大家自以为什么都懂。"

"可……"

"你也顺便关照一下哈桑，好不好？他真的不容易。他爸爸不跟他去太空，他会失望吧。另外，我打算起诉仙拿度先生，我要追回他卷走的钱，哈桑知道了一定会很难过。"

"你真要这么做吗？"

"是的，我决定要让他为自己的所作所为接受监狱的惩罚。"

"好吧。你还有什么要交代的？"我想，此刻大概不是坦白的最佳时机，说我已经骗了她好几个礼拜，并进一步欺骗她同意我（这个刚过十二岁的小孩）来负责驾驶她这枚（价值十亿美元的）火箭。

"有，"她说，"你正好在，能不能签个字？这是一份授权书，我们希望把你的名言'世界皆游乐'放在广告上。对，在这里签字，谢谢。那最后说一句吧，祝你旅途愉快。"

真家化

　　我们刚走进船员室，德拉克斯博士告诉我，说我很幸运，能在今天这个特别的日子见到自己的女儿。然而我不太懂她的意思。直到我走进房间，发现那里面遍地都是气球和被揉皱的成堆的礼品包装纸。

　　佛罗里达喊道："爸爸！我的礼物呢？"

　　我问："什么礼物？"

　　"咳，别逗了，"佛罗里达对大家灿烂一笑，"他从没忘记过我的生日。"

　　今天居然是佛罗里达的生日？！我怎么会知道！可大家怎么会都知道！

　　"是德拉克斯博士说的，她从表格上看到的，瞧瞧仙拿度先生送的礼物……"

　　那是一个很像芭比娃娃的洋娃娃，样子神似佛罗里达，像是被魔法师缩小、穿着蓝色的"恐龙战队"太空服的迷你人。拿在手里挤一挤，还会发出声音，说："失重是什么意思？能减肥吗？"

　　"很酷吧？"佛罗里达笑着问我。我立马知道这是什么了——"太空活宝"的雏形版。

"迪格比先生，你给佛罗里达准备了什么？"哈桑问，"听说你给她买过一匹小马？"

"真的吗？"

"你还会玩各种厉害的派对游戏，对吗？能表演牌戏吗？"萨姆森二世问。

"再说吧。现在我要把礼物单独送给佛罗里达。"

我和佛罗里达走进厨房。我问："你怎么不告诉我你今天生日？"

"你该知道的呀，你不是我爸爸吗？"

"我才不是你爸爸，我是假装的，你忘了吗？"

"也就是说，你没给我准备礼物喽？"

"我本来要给你一个惊喜的：我打算救你的命。"接着我把事情的经过告诉了她，包括这次的一切都将是一次机密任务，以及沈健得了麻疹。

佛罗里达说："那不就是肯·马丁利的翻版嘛。"

"谁？"

"肯·马丁利。他本来要参加'阿波罗 13 号'任务，但最后时刻被换了下来，因为和沈健一样，他得了风疹。后来飞船出了事，船员险些集体丧命，马丁利的余生因此被愧疚折磨着，'我的"阿波罗 13 号"愧疚地狱'。"

"没错，就是这样的情况。他们遭遇了大危机，我们现在也是，必须赶快离开。我差点要开走保时捷的那天，你都觉得很危险，但保时捷一小时跑 273 千米，你知道'无限可能'号有多快吗？我们现在有大麻烦。"

"你是我爸爸 —— 带我出去。"

"哦，问题就在这儿，我不是你爸爸。我不会玩牌，没有买小马送给你，也不会叫你'小公主'。"

"但……"

"给你亲生老爸打电话吧。"

"为什么？"

"说我们有麻烦了，叫他救我们。他是当爹的，义不容辞。"我把这一切想得很轻松。佛罗里达会打电话的，她爸爸没准儿会气疯。但是，再往后，我就不用管孩子了。我不用再假扮大人了。

佛罗里达说她爸爸太忙了，应该由我打给我爸爸。"不行。"我说，"况且我爸爸能有什么办法？他平时哪儿也不去，只有你爸爸才懂。过几分钟他就能赶到，把我们 —— "

"只花几分钟的时间怎么可能到得了中国，利亚姆。他又不是超人。"

"这话不错，但他依然是你老爸，怎么忍心看着他的小公主搭上升空的火箭？而且唯一会开火箭的人还来不了了，所谓的监护人竟是个十二岁的小鬼，他知道以后肯定不会同意。"

我把自己的德拉克斯手机给佛罗里达，叫她趁还来得及快打电话。她翻了一会儿手机，然后小声说："利亚姆，我没有爸爸。"

我没听明白。她的话讲不通啊。"你说什么？"

"我是说，我没有爸爸，家里只有我和妈妈，还有奥兰多和伊比扎。"

"可你不是说，你爸爸喜欢环游世界吗？所以他才用了遥远的地名给你们取名字。"

"我们哪个地方都没去过。奥兰多出生以后,我爸爸就离开了家,我也不知道他跑哪儿去了。他跟我妈妈大吵了一架,再也没回家。就算他待在家里,也从没做过我跟你说的那些事。他从来不为我拍照,也没有买小马给我。他以前只是习惯坐在沙发上看假日频道,我们的名字是从电视节目里来的。"

这可真是没想到。我说:"好吧,嗯,既然你有过爸爸……不对,如果说你现在有一个爸爸,他绝不会让你乘坐六十米长的燃料火箭,也不会让你以每小时几千公里的速度升空。一旦知道你要承受四十倍的重力,他肯定非常非常担心。就算你只是玩一个大型游乐项目,他也会放不下心,更别提现在这种情况,这枚火箭可不是闹着玩的,是真家伙。"

佛罗里达看上去有点吃惊。

"话说回来,利亚姆,如果我出名了,我那不知去向的爸爸会看到吧?到时候他就会回来找我了,起码会知道有我这个人。他肯定逢人就说自己是我爸爸,心里很自豪。所以我要出名,我要坐火箭!"

我一时说不出话来。可能是沉默的时间太久,佛罗里达忍不住提醒我,说:"利亚姆?你睡着了吗?"

"没有,我正在思考。"我突然意识到,眼下佛罗里达只能指望我当她的爸爸。是时候做点爸爸该做的事了,帮她得到她想要的——我们俩都想要的。桌上正好放着纸做的寿星帽,尖尖的顶上有金箔装饰。我在橱柜的抽屉里找到了一把剪刀,开始裁剪。

"你在干什么?"

我把寿星帽剪成王冠的形状，举起来给佛罗里达看，虽然剪得很糟糕，但的确是一顶王冠。"要是你能打扮一下就更衬了。"我把王冠戴到她头上，"生日快乐，公主。"

佛罗里达开怀大笑，说："可你还得为我准备件像样的礼物。"

"有啊，你听我说……我要带你上太空啦。"

随后，我们回到了大家身边。他们正围坐在一起吃蛋糕。我说："那么，派对开始了！"

大家全都一脸茫然，没有人会玩那种聚会游戏，我只好教他们玩红绿灯和音乐椅，还有一种叫赛鱼的游戏，每人要用嘴吹一张鱼形状的纸片，看谁吹得快。我们玩了很久，因为萨姆森二世做了一条流线型的鱼，哈桑还想把它买下来。马克斯吹得太用力，气都快没了。他们玩着赛鱼游戏，我想到了几种牌戏的玩法。有时爸爸会开车带我出去，遇到排大队的等待时间，他就趁机教我一些。其他小孩都既惊讶，又开心，佛罗里达说，这是她有过的最好的生日派对。

橙色的任务

《魔兽世界》里的任务用不同的颜色来标记。完成灰色的任务，需要打败技能点比你少的对手，做起来很简单，但得不到太多经验值。黄的任务稍微难一点，橙色的任务就更难了，到了红色级别，则是必死无疑。我觉得最好还是把这整桩事当任务去完成。

德拉克斯博士留给我们的印象，是要派我们去做灰色任务。这任务可能带一点黄色，但绝对不会升级成橙色，更别说要让我们死掉了。

初始备份非常充足。博士带我们到测控中心观摩，那里有一间巨大的玻璃办公室，室内种了高度参天的花草，还布置了小型水景。许多穿白衬衫的人走来走去，一边看手机，一边对着耳机说话，每个人看上去显然都对自己在忙的事情成竹在胸。"他们就是将替你们控制火箭的聪明人，"德拉克斯博士说，"你们什么也不用做，只要坐上'无限可能'号就行了。德拉克斯测控中心就像游乐场里的工作人员控制室，你们只管放宽心，好好享受这几个小时的景色吧。哦，只有一件小事需要你们帮我完成。"

她说的这件事看上去的确是件小事：我们需要在指定的时间

内按照正确顺序按下一些彩色的按钮。就这么简单。

"无限可能"号是一枚真正的运载火箭，所以它显得这么庞大。它要运载一些东西去太空——那就是"载重"，太空级的载重。

"跟大家说明一下这次运载的内容，"德拉克斯博士说，"这是一种太空小巴，是我亲自设计的，叫'蒲公英'，因为它没有引擎，只有这些银色的帆板，它们的功能跟一般的风帆差不多，面积很大，可以通过捕获太阳风推进飞船，没有噪声、没有痕迹，就像蒲公英的种子一样，所以我给它取了这个名字。"

博士向我们展示飞船模型。那模型看上去像一座安装了很多窗户的高大载具，模样很像冰激凌车，只是没有轮子，也没有卖冰激凌的人。

当它与"无限可能"号分离的时候，德拉克斯测控中心的人员就会在太空中驾驶这辆"冰激凌车"，让它绕过月球的背面，随后遥控它回到地球附近，绕地球运行一周，再回到月球轨道。如此循环往复——先绕地一周，再绕月一周——形成一个8字环。舱内还有舒适的折叠床。博士打算在开放"无限乐园"后，让游客买票进入小型火箭，它会在绕地运行时与"蒲公英"对接，在返回地球之前再绕月一周。

乘坐一辆星际冰激凌车，就能完成绕月观光之旅。

"蒲公英"的位置在"无限可能"号的居住舱下面。我们只需在火箭升空后经历一会儿失重，再按博士的指示按正确顺序（红—橙—绿）按下按钮，"蒲公英"就能进入自己的轨道。

之后，德拉克斯测控中心的人员会操控指挥舱，将我们带回地球。

那些按钮是用来引爆一系列小型爆炸品的。按下红色按钮，"蒲公英"就与火箭分离；按下橙色按钮，整流罩脱落；按下绿色按钮，帆板就能张开。

"测控中心能在地面完成引爆，"德拉克斯博士说，"不过我们认为还是别搞复杂了。"

这下还会出错吗？

想必万无一失。

按钮都没问题。

引爆品也没问题。

"蒲公英"更没问题。

唯一出了问题的，是我们。

距离火箭发射还有四十八小时

倒计时开始，此刻离火箭发射还有四十八小时，我们必须待在船员屋内，不得与外人讲话。冰箱和橱柜里的食品已经全部替换成了带吸管的袋装太空食品，模样有点像果汁饮料，但里面装的不是橙汁，而是肉类和蔬菜。从现在起，我们要习惯吃太空食品。这些食品的名字都很吓人，比如"唾液鸡""噬手猪肉"。萨姆森二世表示这也许是翻译的问题。

"'唾液鸡'，原本可能叫'口水鸡'，"他说，"'噬手猪肉'，可能是'吮指猪肉'。"

"大概吧，"佛罗里达说，"但我想吃冰激凌。"

其他人也都说要。

于是，我们都坐下来吮吸两种口味的太空冰激凌（覆盆子口味和香蕉口味），在电脑上练习彩色按钮的按法。

晚上，我们听到了一声巨响，像是天塌了下来。大家赶紧跑进客厅，我到的时候，其他人已经抱在了一起。我正想抱上去，萨姆森二世便问："到底怎么了？"原来大家都在等我去搞清。

哈桑问："是熊吗？"

"熊？哪来的熊？你们都待在这儿，我去瞧瞧。"

我打开前门，心想，万一真的是熊呢？但是我一头熊也没看到，也没闻到熊身上的气味，倒是听到了点动静，一种缓慢而单一的隆隆声。虽然眼前只有"无限之家"，但我很快便意识到这幢建筑已经改变了外形。我站在门口观望了一会儿，这才搞清原委。

原来是工作人员正在移动火箭。

大约五公里开外的沙漠上，火箭慢吞吞地滚过轨道，向发射场移动。就像盯着钟表上的分针一样，一直盯着的确看不出什么变化，但只要别开头再转过来，就能发现火箭正被一点点推离建筑。不知不觉间，其他小孩都围在我身边，我说："好了，我们还是睡觉去吧，那只是火箭发出的声音，不用怕。"

我心想，这可比熊恐怖多了。

"我想爸爸。"萨姆森二世说。

我当然很明白他的感受。

第二天早上，餐桌上有一堆礼物等着我们。有几个状似橡胶文具袋的东西，名叫"个人飞行包"，还有五台德拉克斯通信的最新游戏主机，名叫手腕游戏机（Wristation）——看来是太空圣诞老人来过了。手腕游戏机真的酷毙了，直接把游戏机装到了手腕上，不再是让人眼瞎的小屏幕，而是把游戏场景投射到墙上，像观影一样可以随意放大。内置的游戏有"四代太空模拟飞行器""石器时代骷髅头"和"因纽特冲浪"，我的设备里还装了"职业高尔夫球手"和胆固醇自测系统。

德拉克斯博士给我们留了一张纸条，声明无论什么东西，只要大小合适，都可以随意放进"个人飞行包"（简称"飞行包"）

里当行李。

两分钟后，房间内爆发了手腕游戏机引发的"地域冲突"。哈桑和马克斯在一面墙上玩"四代太空模拟飞行器"，萨姆森二世则在另一面墙上玩"石器时代骷髅头"，这下佛罗里达没地方玩了。我建议她跟萨姆森二世一起用双人模式打"石器时代骷髅头"，但屏幕下的两人很快就打了起来。最后我只得叫萨姆森二世靠墙站一点，并把投影缩小。

萨姆森二世斩钉截铁地说了声"不"。

大家齐刷刷盯着我看。

我当爹的技巧受到了考验。

现在该怎么办？求他？威胁他？还是推开他？

要是在客厅里都管不好这些孩子，谁知道火箭进了轨道会发生什么。

我把沙发移到客厅中央，确保它和墙壁的中线在一条线上。然后，我并不看萨姆森二世，只是说："在这儿坐下，萨姆森二世。"我尽量让口气生硬，希望他立马照做。我屏住了呼吸。萨姆森二世只是目不转睛地看着墙壁，一言不发，但他确实往前挪了挪，绕过沙发，坐了上去，继续玩游戏。他的游戏投影已经缩小一半，剩下的空间足够让佛罗里达玩了。我趁机说："萨姆森，坐到一边去；佛罗里达，坐这边。"两个小孩都照做了。

哈桑和马克斯都不再盯着我了。我通过了考验。

不过，要是萨姆森二世刚才还是说不，我该如何是好？

最终我决定把《怎样和青春期的孩子沟通》放进飞行包。这本书太大了，我只好一点点塞进去，用包的橡胶边盖住书脊。这时我才发现，书本上有我爸爸留的痕迹：两块叠在一起、形成一个"8"字的茶渍，圆珠笔写的电话号码，还有汽油的收据。这是我爸爸的书，我自己的爸爸。真希望他现在能出现啊，就像上次在保时捷展厅那样。我期盼着他这时出现，然后大喊一声："住手！"

太空中的美

距离火箭发射还有六小时，我还在苦等爸爸出现。我之所以特别着急，因为再过一小时我们就得被喷上"恐龙战队"太空服了。

"穿"这种太空服需要坦着光秃秃的胸膛，所以，如果是个真爸爸，就得全身涂满蜡，用布条把蜡剥下来，以便去除胸毛。

距离火箭发射还有五小时，爸爸仍然没来救场。我看着手里的一块蜡，上面粘着被连根拔起的卷曲胸毛，不由惨叫了一声。

德拉克斯博士说："放心吧，跟这个一比，火箭重返大气层可真不算什么。"

很显然，女人也会除腿毛，但她们弄完可不会去太空！

随后，有人为我喷上了太空服，感觉又暖和又痒痒。我获准回到起居室，等喷漆变干。

我回到房间时，发现宾先生正在等我。他跟我握手，祝我顺利。"好好照顾自己。"他说。

"你才该好好照顾我们。我们只需要看风景就好。"

对方大笑道："既然你说到看风景，那我得给你提个醒，你带了飞行包吧？"

"带了啊。"

"仔细想想你都在里面放了什么，这可能是最重要的防护装备。"

"啥？比太空服还重要？"

"大概吧。你看，上太空这件事——"

"——净会死人。你已经跟我说过了。"我插话。

"你还不明白吗？太空不是地球，不单距离遥远，环境也很不一样，它会把你带走的。"

"你是说，等我到了，会被它吸引住？"

宾先生微笑道："我母亲过去总这么说，你妈妈也是？"他望了望窗外。现在正是白天，但还能看见苍白的大月亮。"你听说过爱德华·怀特吗？第一个在太空中漫步的美国人，早在1965年他就打开了通往太空的大门。当时他吊在一根缆绳上，俯瞰脚下自转的地球，简直不敢相信自己的眼睛。

"他的朋友和敌人、他去过和没去过的地方、所有已知和未知的东西，都展现在眼前。到了回舱的时刻，他流连忘返，只想再多留一会儿，还把非洲所在的区域看成了美国。他的兴奋劲儿想必你完全能理解。最后还是指令长詹姆斯·麦克迪维特大吼了一声，才让他回过神来。现在你明白了吧？"

"没有。"我回答。

正在这时，佛罗里达已经穿着她的战服过来了。她说我们还要多运动，防止上面出现裂缝。

宾先生接着说："我想说的是，注意人身安全。试着去把握重要的事物，还有人生的真谛。太空中确实有美的地方，但你或许需要拥有更美的心灵才能找到回家的路，否则就有可能陷入疯魔。"

"疯魔？"

"我想说的正是这个词。晚安。"

"晚安，宾先生。"

宾先生笑道："叫我艾伦就行了。"

他正要出门，佛罗里达喊道："等一下！你是艾伦·宾吗？1969 年，你是不是在'阿波罗 12 号'上？真是宇宙无敌了。"

这还是她头一次用我的口头禅。遇到曾在另一个世界漫步的人，估计也没有别的词可以形容了吧。

"哇！"佛罗里达说，"参与过阿波罗任务的宇航员？你一定很有名吧？我是说，你一定参加过盛大的欢迎会，去过各式各样的派对，还上过全世界的电视吧？"

"其实我没怎么上过电视。登月的时候，我不小心把摄像机对准了太阳，把它烧坏了。想象一下，我们一路飞去月球，结果却没有拍成任何度假视频，所以……自然没有像某些人一样频繁上镜。但我的记忆里有登月的每分每秒，还有月球上的每一块石头，以及我看到的每一颗星星。有时我甚至觉得自己还没有从月球回来。"

艾伦耸耸肩。"可我确实回来了，"他接着说，"你们要记着这件事：你们要去的地方，似乎很遥远、很危险，但你们终究会回来。"

我爸爸在滑铁卢中学开学那天对我说的话，差不多跟这个一模一样。

艾伦一走，我就把自己的旧手机塞进飞行包，因为里面存着家里的照片。爸爸的圣克里斯多福塑像也被我塞了进去。要不是磕掉了点儿，它还放不进包里呢。

佛罗里达问我："你为什么带那东西？"

我反问："怎么？你又带了什么？"

她答道："大部分是哈瑞宝软糖。"

我想爸爸

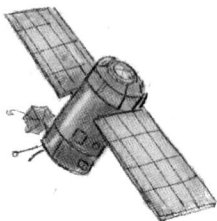

第二天，我们从船员屋里出来，发现爸爸们正在运输车旁边等着送别我们。马丁内特先生、萨姆森一世和埃迪·仙拿度的左右都各有一名保安护卫。爸爸们和儿子聊了几句，揉了揉他们的头发，拍拍他们的肩膀。萨姆森一世对我喊道："千万要照顾好我儿子。"直到此刻，我依旧怀着希望期待爸爸也到场，可他并没有。不过，至少我还能和艾伦说说话。

德拉克斯博士给我们每人发了一根"比空气还轻"的蒲公英形冰棍。"这是最后的福利喽。"她笑道，"等'无限乐园'开园，这些冰棍就要卖到全世界啦。好不好吃？哦，容我插一句，你们都得把新款德拉克斯手机上交，免得泄露机密任务。"

我来到驾驶舱的第一件事，是从飞行包里掏出爸爸的圣克里斯多福塑像塞进仪表盘。伴随着火箭的颤动，塑像仿佛在疯狂舞蹈。我还发现了一张积分卡式的压力值测试器，我刚拿起它，上面就从粉色变成了蓝色，显示出一条简单明了的信息：颇有压力。

"无限可能"号足有六十米高，爬到顶上能感到它正随风摇晃。只听呜呜呼呼的风声穿过管道和引擎，好像在呜咽，听起来令人伤感。

作为孩子们的"监护人"，我必须做好最后检查。萨姆森二世一直在显摆他的太空知识，滔滔不绝，我觉得他是在以此安抚自己的心情。"你们知道吗？"他说，"失重状态下的人可以长高。因为脊椎受的压力变小，它会松弛伸展，因此人就会变高。"

说得正好，我心想。再来几里面吧。我说："我们可以试着做一个身高对照表，看看萨姆森二世说得对不对。"我叫孩子们站成一排，在安全门背面标记每一个人的身高。这些举动只是为了转移他们的注意力。

马克斯忽然说："我一点儿也不怕。越困难的事，越是坚强的人才能胜任。还有，只有强者能活下来，而我就是强者。"

"你说是就是，但我不是。"哈桑说，"这表示我没法活下来吗？我爸爸去哪儿了？我想爸爸。"

佛罗里达说："你爸爸大概在坐牢。"这话没能让气氛有所缓和。

压力试纸已经从粉色变成了深红色，信息显示：请立即就医。

我说："既然大家都很怕火箭发射，那就不要去想它。想想打开你的膨胀逃生服吧，我们现在就这么干。"

我的建议是对的。这达成的效果不单像喝利宾纳喝到醉，甚至有趣到足以转移注意力。孩子们都坐在原位，我确保他们的安全带已经扣紧，太空服也穿好，所有人记住了膨胀按钮在哪里。这下我才回到自己的位置，大声倒数："三、二、一……"

太空服"嘶嘶"地膨胀起来，我们又变成了一堆傻笑的柑橘。服装延伸到舱内的每一个角落，我们只能把脑袋探出来。这时发射倒计时开始了：

"二十……十九……十八……"

"我要尿尿。"哈桑冷不丁地说。

"那就尿。别忘了，你已经穿上了特制的太空服。"

"艾伦·谢泼德在'自由 7 号'发射之前也尿裤子了。"佛罗里达说。

其实没人听到她的话，因为这时一个犹如打鼾的巨响传了过来，周围的一切像最烂俗的地震灾难片那样晃来晃去。我们的胃里翻江倒海，其他部位也不怎么舒服。忽然间，仿佛有一个看不见的巨人爸爸降临，他非常生气，抬起手掌往我们身上砸，而我们什么也做不了，因为根本没法活动胳膊，甚至连面部都僵住了，想喊也喊不出来。

我记得自己当时的想法：要是火箭升空的时候就这么惨，那返回地球的时候得是什么样？

月球，你个白痴

试想一下，用手把一张纸揉成团，当你张开手，那张纸会像花儿一样绽放。这就是火箭升空的感觉。

不久，火箭开始水平飞行。佛罗里达问："到了吗？"

马克斯也问："到了吗？"

不一会儿大家都在问："到了吗？到了吗？"

我努力让他们安静下来，以免漏掉德拉克斯测控中心发来的重要信息。我的耳机里马上传来"叮咚"一声，一个好听的声音在我耳边响起："你好，迪格比先生。我姓李，是今天的飞行指挥员。"

"幸会，李。"

"幸会，有问题尽管来问我。现在你们可以休息了，还可以放掉逃生服里的气，享受失重环境。"

我宣布："各位，可以放掉逃生服里的气了。"小孩们一片欢呼，我觉得自己不仅像个爸爸，还像个船长。

放掉气后，我们在舱内飘了起来。身处零重力环境，我们就像一家子稀奇古怪的气球。

上次经历的失重只有几分钟，这次我们可以尽情地飘来飘去，等重力恢复。但一直没有停。马克斯问我，是不是到了执行第一项任务的时候。我说："快了。"那一刻，我觉得当个气球很开心，一点儿都不想去操心当大人。

几分钟后，那个好听的声音又在我耳边响起："迪格比先生，我们这儿出了点小故障，导致保护罩无法打开。多功能显示屏上有一个重新加载的按钮，是黑色的，就在右手边最上面的角落。你看到了吗？"

我看到了。

"请你根据我的指令按下那个按钮。"

这真是宇宙无敌了，出了故障由我摆平。这事儿我没告诉其他人，怕吓着他们。对方又发话了："请按下。"我照办了。

忽然，仿佛有某种关门声从远处传来。船舱晃了晃，接着一切变得明亮起来。

火箭外层的保护罩被吹走了，现在舱内有了窗户，可以看到那些翻转的面板飞入太空，渐渐远离我们。

"干得好，迪格比先生。"我耳边响起李的声音，"每次出任务难免会有故障，你们刚才经历过了。现在就放轻松，好好看风景吧。"

这所谓的"风景"，其实就是地球。

起初望不见整颗星球，只能望见不到四分之一。我们离得还太近，窗外只有那四分之一。我们身处高空，照理来说应该朝下看，但感觉像在朝上看。眼前只有那一抹最最纯粹的蓝色，除了道道白云和海面上的绿色脉络。那里是南太平洋。

被丢弃的保护罩让马克斯非常兴奋。"快看！它们飞走了！"他喊道，"就像鱼雷一样！"

我说："这是我的功劳。"

"什么？"

"测控中心本想进行这项操作，结果没用。我只好按下一个特殊的按钮。"

"真的吗，"佛罗里达问，"爸爸？"

"下次该轮到我了。"马克斯没好气地说。

"不行，下次该我来。"哈桑说。

在他们的想象中，火箭已经成了 X 翼战机，地球已经成了死星。这趟任务实在是宇宙无敌，人人都把它脑补成了游戏。

我还发现，只要一脚踩到舱壁上，就能旋身飞到另一边；再踹一脚，就能从对面的舱壁飞回来，活脱脱像穿行纽约的蜘蛛侠。佛罗里达忽然出现在我跟前，发出"嗡嗡嗡"的声音，模仿着挥舞空气光剑的动作。

现在回想起来，当时真该多注意当爹的形象，因为测控中心要求我们尽快执行使命，那边说："还有两分钟的机会完成任务。请开始吧。"

我们只需要按照正确的顺序按下按钮，就能回家了。而哈桑和马克斯吵个不停，都想抢先，此时萨姆森二世举手说："求你了，先生，我也想按按钮。"这下哈桑和马克斯都嚷嚷起来。我也许应该直接自己按了，但我还是喜欢当一个黑客帝国超级马里奥绝地恐龙武士，于是我说："那就用光剑来解决吧！"我冲他们挥了一下，嘴里发出"嗡嗡"的声音，他们闪身躲开，又挺直腰板，露出有点迷惑的表情。我才意识到他们可能没看过《星球大战》，也没见识过一个当爹的挥舞着空气光剑，努力做出生死攸关的决定。

我大吼："卢克，我是你父亲！"

佛罗里达觉得这很搞笑，便回道："你才不是我父亲！"

"你也不是卢克。"

我们哄堂大笑。马克斯发现哈桑在靠近那些按钮，立马喊道："喂！他作弊！"说完就跟了上去。萨姆森二世猫着腰，也加入了他们的行列。三人拉扯着来到多功能显示屏跟前。

随之而来的是一声尖啸，火箭猛地晃了一下，像在玩蹦极。我们都转了起来，一圈接一圈，速度很快且没有规律，仿佛回到了"宇宙穿梭"的金属笼。

忽然，一道闪烁的光照了过来，像极了蓝色的闪电。

那道光闪到一半，德拉克斯测控中心的工作人员在我耳边怒吼。

声音响了又停，停了又响。

最后停了下来。

地球来了又去，去了又来。

等我们不再翻滚，地球便彻底消失了。

大家都说不出话。

我们飘到窗边，把脸贴在玻璃上，寻觅地球的踪迹。

万籁俱寂。周围一片漆黑，非常非常吓人。

没一会儿，萨姆森二世弄清楚了事情的经过：原来我们没有按照正确的顺序按下按钮。"蒲公英"的保护罩被吹走，银色的帆板突然伸了出来，但没有分离出指挥舱。

太阳帆意外地打开，一下子就捕获了一阵太阳风，那声金属尖啸就是这么来的。太阳帆本身是用于"蒲公英"的推进，结果我们的指挥舱还连在它头上。"蒲公英"本该轻盈地滑向月球轨道，现在却转了起来，带着我们偏离了运行轨道。太阳帆没有起到船帆的作用，而是像风车的叶片那样带着我们转啊转。

透过窗户我们看不到地球，却看到了一个像信号接收碟的东西飞过，还有一截看起来像天线的东西——那是我们的碟形接收器，我们的天线。直到这时，我才发现耳机里早已听不到测控中心的呼叫。我们的通信设备全部损毁。

小孩们开始惊声尖叫，责怪彼此。他们推推搡搡，而在失重的环境下，随便推一下就把人推得很远，比在地球上厉害多了，被推的人花好几分钟才能回来还击。

我正想加入他们，却看到显示器上有一条信息在闪烁。来消息了，没准儿我们会没事。

那条消息写着：发生无法修复的严重错误。

孩子们的打闹和吵嚷声犹在耳边，我正想喊一句"这下全完蛋了，而且都是你们的错"，可一扭头，他们全都眼巴巴望着我，好像以为我知道什么似的。

好像以为我有办法似的。

好像以为我是他们爸爸似的。

好像以为只要我还在场，世界末日就永远不会到来似的。

"是不是来消息了？"萨姆森二世问。

"对。"

"写了什么？"

我完全可以告诉他："写了'发生无法修复的严重错误'，我们都死定了。而且我根本不是谁的爸爸，我只是个小孩而已，你们别再用那种眼神看我了。"

这些孩子——哈桑、萨姆森二世和马克斯——他们的爸爸其实并没有照顾他们，只是让他们做这做那，好让他们变得更聪明、富有、成功。到头来，他们还不是得在太空完蛋？尽管如此，他们还是抱着希望，以为哪里会有人在为他们操着心。

现在这种情形下，能操心的人应该就是我了。

于是我心想，好吧，你们这帮小孩就是我的任务，这任务我接了。我关掉显示器："都会没事的。只要找到地球，我们就能回家了。"

佛罗里达还没注意到这件事，现在她终于尖叫出声："我的妈呀，地球消失了！你到底干了什么？！那可是地球，你个白痴！"

"地球没有消失，只是现在看不到了。别担心，它会出现的。"

"你怎么知道？"萨姆森二世问，"要是它不出现呢？"

"因为我的……佛罗里达的东西都在这儿：'摩比世界'维京船、有点漏水的超级水枪、'把太阳系带回家'夜光挂件……"

我也不知道自己为什么开始举这些例子，但好歹起了作用，孩子们想起了地球，想起了地球有多真实、庞大。他们展开想象，也开始列举各种东西，直到平静下来，沉入梦乡。

天蓝色的睡袋连在舱壁上。孩子们睡在里面，好似一排圣诞袜。只有我还醒着，像个圣诞老人或者守护天使什么的角色。

突然间，指挥舱变亮了，似乎是阳光涌了进来。

如果我没看错，涌进来的真的是阳光，之前可没有光线。这就是说，太阳之前肯定是被什么东西挡住了——那只可能是地球了。

地球——虽然我还看不到它，但我明白了，它还在原处。

我关掉观察窗上的滤光器，以免孩子们被弄醒。

多功能显示屏前方的地板上有一扇舱门，可以通往"蒲公英"的舱室。我想下去，从那边的窗子往外望，说不定能看到地球。

我摆弄了一下门闩，发现不难打开。门都已经拉动了，我才突然想到，万一下面不是"蒲公英"呢？万一迎面就是太空，我直接冲向了太空垃圾呢？要是这样，我们体内的空气就会因为内外压力差而被吸走，我们脑袋会爆炸。

幸好没事。

"蒲公英"舱内跟火箭内部不一样，这里有三排座位和两扇大窗户。我有点意外，觉得自己像在一辆宽敞的冰激凌车里。橱柜里摆满了吃的喝的，这倒不错。

但糟糕的是，就算有两扇大窗户，我还是看不到地球。

这时，我背后有什么东西在动。

原来是佛罗里达。她也下到冰激凌车里了。"老天爷，"她指向窗外，"你知道那是什么吗？"

我点点头："我觉得以前应该见过。"

佛罗里达说："那可是月球，你这个白痴。"

临时绕路

从地球上看月球，它有点脏兮兮的。但你其实知道那些脏东西就是环形山，只不过看上去像污渍。不过，从我此刻坐着的地方望过去，环形山好似一本本奇形怪状、棱角分明的故事书，封面如纸一般白，投下的阴影分明且清晰，仿佛"魔兽"游戏手册里的想象国度，有连绵的大山、幽深的峡谷和空旷的平原，只是缺了巨怪、龙和一只又大又精致的罗盘。

"怎么回事？"佛罗里达问，"月球怎么在这里？"

我冷静地说："哦，你也知道，月球要环绕地球运行，还要影响地球上的潮汐什么的。"家长要学会在遭遇任何意外时都能保持冷静，这很重要。

但在脑海里，只有十二岁的我却正怕得大叫："我们离月球越来越近了，它要把我们拖入轨道，就是这么回事。我们要永远绕着月球转了，你还能怎么办？"

我原本希望能在"蒲公英"里找到制动装置和转轮，从而让火箭停下，改变方向 —— 没准还能来一个星际三点掉头 —— 带我们回家。但这里似乎没有任何控制装置。

佛罗里达耸耸肩："干脆进入绕月的自由返回轨道好了，这样也能返回地球。"

我说："你说什么？我没听懂。"

她说："你知道'阿波罗13号'的情形吧？"

我用慈父的嗓音（大声）说："我当然知道。你刚才讲的，正是我的计划。"

我心中那个七上八下的小孩却在说："她什么意思？是说还有出路吗？"

佛罗里达一屁股坐在一把长椅上，嫌弃地说："这种事最讨厌了。你都以为自己快到家了，结果公交车改道去了……叫什么来着？"

"轨道？"

"不是。是说，你上了81路车，车直接开到高架上，你心想，这下快到家了吧，不料车很快又开下高架，绕过安全岛，去了24小时营业的乐购，然后又回到了你觉得快到家的地方。"

"哦，没错。"

佛罗里达抄起手臂望向窗外，似乎真的坐在81路车上。我挨着她坐下："说起轨道，呃，你不讨厌这个吗？那东西到底是……怎么运作的？"

她跟我讲了"阿波罗13号"的故事：飞船在登月途中发生氧气罐爆炸事故，船员只得钻入狭小的登月舱当救生舱，并驾驶其飞向月球背面，利用月球引力使飞船稍稍加速，再适时启动引擎，飞向返回地球的轨道。

显然，这是个故事梗概。佛罗里达的口述版包括了很多别的细节，比如13是倒霉的数字，比如基于事件的改编电影里扮演宇航员的好莱坞明星凯文·贝肯和汤姆·汉克斯都和谁结了婚。

在她滔滔不绝间，其他人一定也发现了指令舱开着的舱门，他们接连飘进了"蒲公英"。第一个进来的是根本没注意到月球的哈桑，他伸展四肢躺在座椅上，说："下面舒服多了。"

萨姆森二世遥望窗外，惊得合不拢嘴。"没错，这是月球，我们正要绕到它背后去，你敢相信这一切吗？"

"月球？可……之前没人跟我们讲过月亮的事啊。"

"得绕个路。"佛罗里达说，"这是临时安排。"

"但……去月亮？那可太远了。"

"现在不远。"佛罗里达说。

真正的麻烦是马克斯。让他烦恼的并不是月球，而是"蒲公英"："我们的任务是将这个舱分离，让它进入运行轨道。事不宜迟。"

我解释说眼下有麻烦，所以不能马上行动。

"不分离的话就意味着我们失败了。失败不是我的选项。"

"我们没失败，只是还没成功。到了这个绿按钮能按动的时候，我们自然会按。"

"可德拉克斯博士说……"

"德拉克斯博士不知道现在的情况。"

"她懂得可比你多。我现在就要去按。"马克斯说。

我快步跟着他。失重环境下人无法快速奔跑，像是回到了梦里，有疯狗在追你，你想快点逃脱，双脚却黏在地上。最后，我一不小心翻了个跟头，刚好踹了马克斯一脚，让他飞回了座椅那里。

我抓住舱门："听着，我们有计划了，是关于……"怎么说来着？"还是让佛罗里达来说吧。"

委托任务，明白了吧。这是跟青少年打交道的重要法门。

"我没有计划。"佛罗里达说。

委托之后，还要确认。

"你明明有个妙计，佛罗里达。是关于轨道的，还记得吗？"

"哦，就是要进入自由返回轨道，"佛罗里达说，"用'阿波罗13号'的方法。大家有印象吗？"

"那次航行失败了，但堪称伟大。"萨姆森二世说，"由于氧气罐出了故障，原计划放弃登月。"我一开始没注意到"原计划"三个字，过了十分钟才意识到。

佛罗里达向别人说明该怎么绕到月球背面，找到正确方向。她还说操作很简单，就像玩儿一样。"'阿波罗13号'只有很小的登月舱，里面窄得不行，没有充足的氧气和动力。可我们有太阳风驱动的'蒲公英'，里面很大，还有很多吃的，所以……相比之下这简直是一次野餐嘛。'蒲公英'可以用来太空航行，但不能进入大气层，而指令舱恰恰相反，所以我们借助'蒲公英'航行到地球轨道，然后所有人进入指令舱，再进入大气层返回地球。明白了吗？"

大家都表示肯定。这有什么不明白的？只有马克斯多嘴："我听明白了。现在可以按绿按钮了吧？"

"什么？！你刚才啥也没听进去吗？"

"我听进去了，只是我更信赖德拉克斯博士。"

"反正你不能按按钮，"哈桑说，"因为该我来。"

两人立马纵身跃向舱门。

我大吼："谁都不准按！那样我们都会完蛋。"

萨姆森二世说："当然不会。你该不会以为我们已经上了太空？"

大家一下子愣住了，都盯着他。

"我们当然不在太空里啦。德拉克斯博士在逗我们呢。只要打开门，外面就是'无限乐园'的正中央。我现在就要去开门。"

他在椅背上踢了一脚，飘向气闸门。

我正要跟上去，想起来自己还得顾着马克斯。到底是冲出飞船加速死亡，还是一生一世都在太空冰激凌车里飘来飘去，我的大脑此刻需要在它们之中二选一。

在这恐怖的一刻，我才意识到真正的危机并不是宇宙中的无限真空，也不是火箭有六百万种故障可能，而是眼前这些小屁孩。

谨记，青少年几乎没有控制力，他们甚至难以约束自己的身体。家长因此需要掌控一切。如果您的孩子因为一点儿小事就失去节制，该由您来努力找出他们烦恼的根源。

——摘自《怎样和青春期的孩子沟通》

马克斯的烦恼来自他太想成功，对他来说，坐在距离月球还有半段路的冰激凌车里，就是失败。他认为，抛弃了"蒲公英"我们才能赢。

至于萨姆森二世，他的烦恼是因为他的精神已经有点不对头。

这情有可原。要是我不用看着别的小孩，我也已经精神不对头。

我唯一能做的是好言劝说，让马克斯明白，比起盲从德拉克斯博士的命令，大家一起克服困难坐指令舱返回地球，是更了不起的成就。我把这个想法原封不动告诉了他。

他说："都是哈桑的错。"

"胡说，"哈桑反驳，"都是你的错。"

"你没按对按钮，我要去按。"

"我什么也没按，没按对的是你。"

"才不是，我才什么也没按。没按对的是你。"

我赶忙说："都停下，我是爸爸，由我决定谁去按。玩个游戏吧，谁赢了谁就去按，不过要按我说的做。"

"谁赢了谁去按？"马克斯忽然提起了兴趣。我就说嘛，再强的怪兽都有弱点。马克斯的弱点就是他的好胜心。"怎么玩？"

嗯，问得好。怎么玩？

哈桑的飞行包里恰好装着一套棋。他说："这游戏我很喜欢，通过这游戏我学会了珍惜金钱。"原来是《大富翁》。

在低重力环境下玩《大富翁》，总要好过在厨房里围着桌子玩，那样根本玩不过几分钟。哈桑的棋子是有磁性的，会吸附在游戏板上，只要小心拿住钱，就没什么好担心的。麻烦的是骰子，扔出去以后压根不往下落，只会像一块基因改良过的方糖那样渐渐飘远，不停地在空中扑腾旋转。

萨姆森二世对此景充满了兴趣："太棒了，一定有办法把骰子旋转产生的能量利用起来。"我刚想松一口气，他又说："我好想知道德拉克斯博士是怎么做到的。这个失重环境简直以假乱真，足以令人真的相信自己置身太空。"

于是，我们把一卷透明胶带粘在座位上，冲着那里掷骰子。当大家还在争论点数是不是六的时候，我瞥见了正要回指令舱的马克斯。

"来玩'石头剪刀布'吧？"我大声问。

然而，除了佛罗里达，其他人都没玩过"石头剪刀布"。他们产生了浓厚的兴趣，玩了大概二十分钟，前面十分钟还在讨论为什么布能赢石头，世上到底有没有会用剪刀去剪石头的人。我跟马克斯先玩了一局，我出了剪刀，他出了炸药；第二局他出石头，我还是出剪刀。最后剪刀赢。

他不解地说："上一局你出了剪刀，我已经用炸药炸光了，你怎么可能还有剪刀？"

"出炸药又不是一劳永逸，到下一局就失效了。"

这游戏对马克斯来说显然太抽象了。他面红耳赤，大叫起来："荒唐！肯定得炸光什么吧？这样才能决出胜负！"

他喊出"炸光"时，差点吓到我。但我只是问："有没有人要玩捉迷藏？"

无重力的捉迷藏一听就很有趣，不过，这提议其实是比"石头剪刀布"更严重的错误。我们差点就玩死自己了。

我先转过身，靠窗坐着大声数到四十，一边遥看月球。等大家都藏起来了，我喊道："准备好了吗？"

我能直接听到萨姆森二世在一把椅子底下动来动去的声音。要不是失重，那地方倒是很适合躲藏。萨姆森二世飘了起来，撞到了头，我先捉住了他，和他一起去找别人。

我感到马克斯在看着我。我一抬头，看到他正扶着舱顶低头看我们，还以为我们看不见他。既然胜利对他如此重要，我便决定让他待在那儿做个赢家。

我走向"蒲公英"的前部，来到前座和舷窗之间，这地方也是我坐校车时最常坐的上层位置。两个前座之间有一块宽敞的空间，一块地板上还有一道凹槽，我用手一掰，地板滑开了。佛罗里达盯着我，满脸笑容："快来看……"

我先飘了下去，萨姆森二世紧跟在后。佛罗里达发现了"蒲公英"的驾驶舱！里面一应俱全，有驾驶座、像模像样的方向盘，还有后视镜，方便观察太阳帆。从这个驾驶舱看出去的视野可不怎么样，因为指令舱就连在它的前部。现在这副模样像一台正被拖车拖走的普通轿车。一台我能驾驶的普通轿车。我望了望佛罗里达，她冲我点点头，已经看透了我的想法。

"只是你的驾驶技术太差劲了。"佛罗里达说。

"这倒没错，但太空里没什么交通，应该很容易。"

"我太失望了。"萨姆森二世说，"这里感觉一点也不像飞船，像是拿公交车的旧部件改造的。"

我忍不住赶紧坐下来，先试试座位。佛罗里达说："小心点，我们真的很需要一本操作手册。这些按钮……"她伸出一只手在控制台上空挥动，"没准哪个就是弹射键。"

我抬头一看，驾驶座正上方也有可以拉下来的遮阳板。我爸爸平时就把说明书、城市街道图和保险单据用橡皮筋捆好放在这后面。我学着他的样子摸索着，从那后面翻出了月球观光地图、几份保险文件和……一本说明书。我翻到"疑难解答"部分的第一页，上面有仪表盘的图表和……

令人生畏的图表。图里的按钮画得很小，似乎要跳出页面，像"死亡公会"的长矛一般朝我射来。按钮！要找到那粒按钮！马克斯和哈桑都不见了，眼下我们可能会以九种不同的方式走向毁灭。

我从椅子里一跃起身，像超人一样扑向舱门，脑袋撞到了"小巴"的车顶，又朝着指令舱翻了几个跟头。我扭着身子通过气闸门，发现马克斯站在绿按钮旁正要伸手。

我迅速从舱底来到舱顶——我的动作利索得令自己意外。我想都没想，一下子挡在马克斯面前，和他在半空中缠斗，接二连三撞上了管道、睡袋、扳手和仪表盘。

佛罗里达径直站到按钮旁边，大喊："那么是哈桑赢了！对不对，爸爸？"

马克斯竖起耳朵："哈桑赢了？"

我说："是的，我没找到他，你呢？那就是说只剩他没被找到，所以他赢了。"

简直能听到马克斯心中的怒气在沸腾。我甚至有点期待他能抬起脑袋，像狼一样嗥叫几声。

我说："当然，如果你能找到他，那你就赢了。"

马克斯听罢就去找哈桑。我让佛罗里达留在原地，在我跟着马克斯和萨姆森二世去找哈桑的时候管好绿按钮。

但诡异的是，我们都没有找到哈桑。

指令舱、"蒲公英"和驾驶舱里，都没有他的踪迹。

哈桑消失了。

而且消失在了太空中。

　　孩子与家长的对话中，要是孩子占了上风，那就再糟糕不过：孩子的空闲时间比家长多，他们会没完没了。

　　　　　　　　——摘自《怎样和青春期的孩子沟通》

"哈桑不在火箭里。从逻辑上讲，他只能是下了火箭。"

"萨姆森二世，你总是满嘴'从逻辑上讲'，请问谁是逻辑？你想象中的朋友吗？你为什么不试试自己讲，别让逻辑替你发言了？"

"他下火箭了。"

"逻辑上讲，没人能下火箭，因为火箭在太空里。"

"逻辑上讲，只要有人能下火箭，那火箭就不在太空里，只是在模拟飞行。"

我们又在火箭里找了一遍。

但依然没找到哈桑。

佛罗里达说："你们知道吗，有个电视节目，里面的人都以为自己上了太空，结果发现自己去了英格兰东边的埃塞克斯附近。"

"我知道。"

"那么阿波罗计划呢？"萨姆森二世说，"大家都相信飞船登月了。"

马克斯说："登月难道不是真的？你确定？"

佛罗里达说："当然是真的。宾先生就去过月球，他跟我说过。"

"好吧，我不想叫别人骗子，"萨姆森二世说，"但如果真的去过月球，为什么再也没去第二次？"

"哦，人们总说自己会回去，但也总食言。"我说，"有一次我父母去西班牙度假，口口声声说以后每年都要再去，结果后来再也没去过。"

萨姆森二世丝毫没有停下的意思："那你见过插在月球上的美国国旗照片吗？那面旗子不是飘起来了？"

"对啊。"

"可月球上没有风，旗子怎么会飘起来？明显是假的。"

我说："有没有可能 —— 我是说，做个假设 —— 正因为登月的人知道月球上没有风，所以特意往旗帜里穿了一些电线，好让它支棱起来。毕竟火箭是用六百万个可拆卸的部件制成的，说不定有人想到在旗子里撑上电线。"

萨姆森二世眼睛眨也不眨。"逻辑上讲，开门出去看看就行了。"他说。

"好吧，逻辑上讲。你为什么不直接去呢？行动吧，逻辑。"

"我会去的。"

"我没叫你去。我叫'逻辑'去。"

"逻辑上讲，我会去的。"

"不，逻辑上讲，该我去。我才是管事的，是唯一的监护人。

我来出舱。"

为什么我说出了这些话?

到火箭外面去,就是太空出舱活动,简称 EVA。可惜我之前没有好好听课,只顾着喝埃迪给我的那瓶口感刺激的利宾纳果汁。还好别人都记得 EVA 的要点,他们知道该怎么戴头盔、怎么通过系管吸氧、怎么检查出舱服,手册里也写过开启气闸门的方法。一瞬间这些都搞定了,我要去太空了。我站在气闸门旁,佛罗里达正指着一根绕起来的黄绳子。"那是安全绳,"她说,"可以连在火箭上,以防宇航员飘走。快系上吧,不然你就完蛋了。"

我系好安全绳,佛罗里达关紧内门。一时间我开始摆动,仿佛在电梯里。一切似乎都很正常——除了此刻我正飘浮着。我不禁认同起萨姆森二世的看法:我们也许并不在太空,而是在某种模拟器里。接着,外门突然打开了,起初只是现出一道黑得像一堵墙的阴影,难以置信那里面会有什么东西在运动着。接着,我看到了"蒲公英"的一面银帆的底部——虽然这么说,但其实看不清楚。帆面太晃眼了,就像灯泡的灯丝,辨不出形状。门开得更大了点,于是我来到了黑暗的虚无之中,自在地飘浮。

忽然间,我撞上一面帆板,在下面滚了几下,碰到一根支杆。我用手握住它,在那儿悬停了一两秒,像某个奇形怪状的挂饰在圣诞树上悬挂着,真是宇宙无敌的体验。庞大的月球就在我面前,我的双脚仿佛垂荡在牛奶浴一般的星河中。有一瞬间,我打算转身查看地球的踪影,出舱活动令我感觉十足地兴奋。繁星之间的太空是我见过颜色最黑的东西,但太空中到处都在闪光:帆板、月球、星辰、我的金属手环……一切的一切，都比你见过的会发光的东西还要闪耀一百万倍，就连我的黄色安全绳都变亮了。此刻，我能回想起当时悬在原处，望着安全绳滑过腿部，蜿蜒至太空中。那时我心想：我已经系了安全绳，那么能松手了吧。与此同时，我想到另一个问题：安全绳的一端连在我身上，那另一端呢？

另一端连着虚无，它慢慢飘往深空。

原来我只是把安全绳系到了身上，却没有把另一端固定在舱内。

之后，我用手抓住了支杆，努力想稳住，然后沿着帆板缓缓挪动。我的手不停发抖，我本计划像爬单杠那样左右手轮换，一把一把往前进，但我害怕极了，两只手一刻也不敢完全放开。若要回到火箭边上，似乎得花上好几个小时。我开始出汗，心脏怦怦直跳，等我来到火箭附近，头盔里已经蒙上了雾气。

那时我才发现自己根本不知道去哪边才能回舱门。我在帆板底下翻转了好几次，依然记不起自己是从前面还是后面出来的。

我发现绳子从我身边飘了出去，它所指的方向必然与我来时的方向相反。还有一点可以确认，从舱门望出去看不到月球，所以舱门一定在距离月球更远的那一端。

帆板底下有一根连着太空舱的支杆，我缓缓移过去，发现了存放帆板的舱座。我一把抓住，朝舱后挪动。

时间过了好久，我终于挪到头了，累得只剩一点力气，只够让自己悬在那里，盯着舱壁上的铆钉和一面大金属板。我知道舱门就在附近，但就是看不太清，因为头盔里结了水珠。我开始担心氧气的存量。

我把手放到金属板上，摸索到它的边缘。那儿有两排铆钉，中间的缝隙刚够手指塞进去再撑个一两秒。我抬起另一只手，也塞了进去。随后，我伸手去摸下一面金属板，重复一遍刚才的动作，用指尖紧抵着舱壁。

我正在一个比火车跑得还快的东西上面攀爬。

我正准备用手指摸舱门，脚下碰到了什么东西，挡住了脚。于是我把另一只脚也伸了过去。太好了！双脚都在里面了。接着，我动动一只脚试探情况，马上不敢动了：那玩意儿的边沿似乎很尖锐，而且是金属，要是划破了太空服怎么办？我停顿片刻，努力屏住呼吸。

现在我能肯定舱门就在下面，只是不清楚要怎么让自己整个人都能下去。我试着双脚不动，用手往下爬，但移动的距离也有限。我试着跳下去，但万一松开手掉进太空里呢？

我别无选择，只能冒险。我放开火箭表面，使出全力把腿往里伸，本以为自己会优雅地滑回舱里，两脚先着地，不料却砸到了膝盖。我痛得蜷成一团，没一会儿就飘进了太空，没任何东西可以抓。等我反应过来，又因为蜷缩的惯性翻了个身，飘过了舱门的底部。我赶紧抓住舱门边沿把自己拽进去，还好空间很够，能放下手。我又拉又拽把自己挪进舱门，拿手指四处乱摸，找到一个按钮便按了下去。接着，耳边传来气闸门关闭的声音。虽然危险还没解除，但我很庆幸能回到舱里。我动手去摘头盔，但不知道怎么弄，只好胡乱摸索了一通。总算摘了下来，我的视野重新清晰起来，第一眼就看到舱门刚刚闭紧。要是我会摘头盔，手速也更快一些，那就赶上舱门还没闭上 —— 即便不会窒息而死，我的脑袋也可能会爆炸。

我站在原地，前额靠着金属门，觉得那扇门冰凉又结实。它没有离我而去，把我抛弃在太空里，这实在是万幸。我静静地站了很久，像是过了好几个小时，两手不用碰任何东西，但心中不再恐惧。

舱门开了，其他小孩都飘到我跟前，像一群小天使，一起一伏，生气十足。说起来也许很荒唐，可他们的每一根眼睫毛都清晰可数，他们的呼吸声和眼皮一张一合的声音也犹在耳畔。我感受到这一切，似乎获得了耳听六路的超能力，仿佛做完一个任务，所有应得的奖励（生命值、经验值和力量值）正向我涌来。我可以站在这里一整天，听别人呼吸，看他们眨眼，但这么做显然太奇怪了。

佛罗里达问："你找到他了吗？"

"你说谁？"

"哈桑呀，你不是到外面去找他了吗？"

"没找到，他不在外面。"我太庆幸自己得救了，连搜寻哈桑这事都忘了。

"外面有什么？"

"这你还不知道？不就是宇宙嘛。"

"既然哈桑不在外面，也不在里面，那他去哪儿了？"佛罗里达问，"他不可能就这么消失不见。"

马克斯接口道："先是地球没了，现在轮到哈桑了。所有东西都在消失，没准我们也快没了！"

我"嘘"了一声，叫他安静。在我所能听到的新声音中，除了眼皮张合的声音、肌肉和骨骼运动的声音、电子设备的嗡嗡声和《大富翁》棋子在座位底下飘浮的声音，还有一种更嘈杂的动静，源自舱壁内部，离驾驶舱不远。我飘了过去，那声音对我来说震耳欲聋，但其他人大概听不到，因为之前我找哈桑的时候也没听到，现在则是拜超能力所赐。我在舱壁上摸了摸，在板条之间找到了一条细缝。我把一块板推了推，把另一块拉出来，里面居然是正在打呼噜的哈桑。

他醒了过来，满脸得意。"我赢了吗？以前军队来我们村子，我就在水箱后面藏了三天。玩捉迷藏我可有经验了。"

我回应道："那是当然，我都忘了。"想想真怪异，这可能是哈桑玩过的第二危险的捉迷藏。

"那我到底赢了没有？"

"你赢了，水平太高了。"

"所以他赢了，我输了。"马克斯说。

我望了他一眼。由于怀有超能力，我几乎能听到他的心跳声，比往常要快，然后似乎平静了下来。他说："可感觉还不差。"

佛罗里达推了他一把，他退到了舱室另一端，一直在笑。看着他的笑脸，我的心情也好了起来：那粒绿按钮终于可以解除来自他的威胁。

我说："我们量量你的身高吧，看看你有没有长高。"

佛罗里达瞅着我，好像我发了疯，她说："你才去了十分钟，我们怎么可能会长高？"

"可这里是太空，萨姆森二世没说错，人的脊柱承受的压力会变小。"此话一出，孩子们纷纷排好队站在门边，让我依次测量新的身高，这还真像我妈妈的架势。

萨姆森二世说："心理暗示的力量真大。我们都长高了一两寸，跟真的长个儿了一样。"

"我们就在太空里呀，"马克斯说，"可别忘了，迪格比先生还出去了呢。"

我本想叫死不买账的萨姆森二世亲自出去试试，可我最终深吸一口气，改口说："好吧，尽管这只是一场模拟，我们还是需要知道确切的纬度和发射角，这样才能得知自由返回轨道需要的速度。你能解决吗？"

"可以试试。"他翻了翻飞行包，掏出一本厚厚的旧书，名为《男孩的科学珍宝》。

"这是我小时候我妈妈给的生日礼物，"他说，"她小时候最喜欢看这本书，而这本书又是她妈妈送她的，已经很老了。有一阵子我生病不能去学校，就坐在床上看这本书。书里的知识仿佛有魔力，我真的能感受到。我越看越聪明，家里只好把我送进特殊的学校，从那时起我就不太能见到妈妈了，真遗憾。有时，当我累了或是做了蠢事，就会枕着这本书睡觉，醒来之后觉得自己变得更聪明了。今天这件事让我知道了心理暗示的力量。"

这本书结尾有密密麻麻的数字和图表，是用来演示复杂运算的，因为当时还没发明计算机。萨姆森二世说："有了这本书，就能算出轨道的数据。"

我说："行，如果你需要人帮忙，我就是官方认定的尖子生。等我们做好准备，一到时间……我们所有人就一起按那个绿按钮。"

大家都欢呼起来。

佛罗里达忽然喊道："快看！"

窗外正有一大片阴影在月球上移动，仿如徐徐摊开的地毯。

"那是什么？"

我立刻认了出来，说："那是地球的阴影。"

我们齐齐望过去。在火箭偏离轨道以后，这是我们对地球距离最近的一次观测（我们仍然确信地球没有消失）。

只有萨姆森二世还以为自己身处中国。

那片阴影掠过月球表面，我试图想象那究竟是地球上的哪一块区域。

"谁肚子饿了？"我问道。话音刚落，大家就扑向了储备的太空食物。

我们拿出"噬手猪肉"大吃特吃，佛罗里达忽然大笑，伸手指向马克斯。

"干吗？"马克斯问。

"看呀，他对我们说话了，一边吃饭一边在哭，垃圾袋在一动一动。"

"马克斯，大家都在吃东西，你却哭了？"

"是的。"

"我也是。"哈桑说。

很快大家都哭了，只有我没哭，否则就太不像爸爸了。我只是站起来呷了呷嘴，他们似乎开心了点。哈桑笑得飘到了舱顶，马克斯和佛罗里达也有样学样，就连萨姆森二世都被感染了。他们像某种会发笑的手机，在上面转来转去，很是滑稽。

我们不知不觉进入了那片阴影，来到了月球暗面。

月球的暗面

看不见的东西自然很难令人相信，比如引力。虽然脑子里很清楚，我们到了月球附近就会被吸引，继而绕月航行，可我心里还是有种感觉：路过月球以后，我们可能继续不断飘下去，直至虚无。

这时，月球消失了，一点儿都不剩。佛罗里达大喊："没了！月亮没了！"

哈桑和马克斯立马扑到窗前，要找到月球。

萨姆森二世仍在开开心心地计算。"你们没发现吗？"他问，"他们显然关闭了模拟。太好了，他们不久就会过来，带我们出去。"

佛罗里达没有骗人，月球原来的位置已是一片漆黑。可能是我新掌握的超能力的缘故，我看出了端倪：那里有一个巨大的圆弧，从舷窗右上角的位置开始，星星消失了，仿佛它们和我们之间隔了一层东西。一道巨大的漆黑圆弧，就像天上被咬了一块。我看不见月球表面，却能看见它的轮廓。它遮住了其余的天空，宛如一个谜，一旦收入眼中，便无法忽视。

我把月球的轮廓指给其他人看，过了一会儿，他们终于都见到了。每个人紧紧挨着我，好像我真是他们的爸爸。

能有这样一大片漆黑相随，真是恐怖。它就像一个洞，人不想掉进去都不行。我们望着弯月的前缘，因为这提醒着我们，最后总会走出黑暗。

忽然间，轮廓的边沿开始发光，一点一点变亮。

"肯定是太阳出来了。"佛罗里达说。

话音刚落，我们就发现了光亮的源头。那不是太阳。

而是地球。

这是我们偏离轨道之后第一次看见地球。

此时的地球只有高尔夫球大小，蔚蓝无比，简直不像真的。

我们没有从这个角度观察过地球，它跟照片里的模样差不多。那是我们的地球，我们的家。

一瞬间，地球又变了形，从一张圆盘变成了一颗圆球，立体起来，就像一枚徽章被挤一挤居然得以复原。地球就在我们眼前，再也不是一张照片，而我们正朝它进发。

看遍世界是我一直以来的梦想，这次我可以一次看个够。

爸爸会做的事

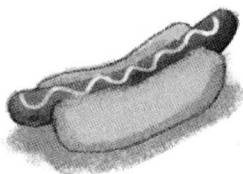

地球悬在黑暗的正中央，没有任何支撑，这场景不免让人担心。我总觉得，要是自己移开视线，它就会掉下去。我注意力太集中，以至于完全忘了还有萨姆森二世这个人。他冷不丁地说："好吧，我们可以去了。"

"去哪里？"

"只要给一个引擎点火，过 11 分钟船舱就会被推到月球轨道，带我们飞往地球。"

我说："这是太阳能驱动的'蒲公英'，上面没有引擎。"

萨姆森二世迅速翻阅说明书。"我们有两个制动火箭和两个推进器，可以改变轨道，解除故障。我们可以现在就干，或者……"

"或者什么？"去逛乐购吗？

"或者……再绕月一次。"

"请问我们为什么要那么做？"

萨姆森二世抬起头，说："如果我们继续待在轨道，但降低飞行高度，比如说到一百零九公里，月球就能给我们更快的速度，到时候离开轨道的初始速度也更快。如果我的计算无误，到时候我们与地球的距离就会拉近一万六千公里，也就不远了。所以，一旦拥有了这两个条件，即便要再绕月一周，也不会浪费太多时间，岂不更方便？书上的对数表真的很有用。"

于是我们照做了，又绕月一周。

由于角度问题和阴影的遮挡，我们起初看不到月球表面，但这一次，我们距离月面只有一百零九公里，几乎能看到每一块石头。我把遮阳板后面的观光地图拿出来，指向最有名的几个地方：阿姆斯特朗迈出一大步的宁静海（萨姆森二世嗤之以鼻），"阿波罗 13 号"原定着陆的弗拉－毛罗环形山，艾伦·宾着陆的风暴洋[1]。我说："下面那块地方以前有人去过。看到了吗？"

"笑话。"萨姆森二世说。

"没有照片是因为摄像机弄坏了。"佛罗里达说。

"说得真轻巧。"萨姆森二世回应道。

"他是史上第四个在月球漫步的人。在他之前是他的伙伴皮特·康拉德。你知道艾伦怎么说的吗？他说他身上有一部分再也回不来了，有时夜里醒来，还会以为自己回到了太空；有时家里出了大事，他会感觉是从天上看到的。你在地球上遇到的艾伦·宾其实只是个游戏角色，真正的艾伦·宾，那个控制着他的人，还在宇宙里待着呢。"

我回头望了望，他们鸦雀无声，本以为他们一定很佩服，可他们却都忙着玩手腕游戏机。

1　风暴洋，月球近月面西侧形成于 31 亿至 35 亿年前的一座巨大月海。由于面积最大，它也是月球上唯一被称为"洋"的月海。

我们又回到了月球的暗面，大家都像头一次那样感到紧张、害怕。我们望着月球的那道圆弧，等待某样东西重新出现。

接着，地球露面了。那是我们的家。

"好了，准备点火吗？"

"据我推算，还有二十九分钟。"萨姆森二世说，"点火十一分钟后，就能回家啦。"

"我们怎么知道你的推算是对的？"马克斯问。

"我从没出过错。"萨姆森二世耸耸肩，"做数学从没失手。"

"可万一出错了呢？"

"这个嘛，倒不至于完全偏离地球的引力场，但可能会进入一个很宽的轨道，那样就离得很远无法安全重返了。估计会成为地球的卫星吧，就像很多太空垃圾那样，或是彗星。要是有一颗彗星划过，我们没准能被它的引力场吸引，从而……"

"别说了！"马克斯嚷道，"没看见我们快被吓死了吗？"

"这不过是模拟测试而已。"萨姆森二世说。

被一颗彗星拽着环绕太阳系，着实挺糟糕的。可我灵机一动，说："马克斯，把你的手腕游戏机给我。"

"干吗？你自己不是有吗？"

"可我的只装了'职业高尔夫球手'，你的装了四代太空飞行模拟器，菜单里肯定还有自由轨道飞行模拟。如果我们把'蒲公英'的操作手册上印的数据细则输入到游戏机上模拟，就能知道推算数据对不对了。模拟可以和实时飞行同步，实时飞行选择'引擎点火'，游戏机屏幕一旦显示'真妙'，那就尽管点火；当游戏屏显示'糟了，你完了'的时候……"

"我们就完了。"

"这只是模拟飞行，现实中的我们不会有事的，等着拿最高分吧。"

"太天才了。"萨姆森二世说。

"还没到天才的程度，"佛罗里达冲我笑道，"只是个尖子生。"

萨姆森二世做好游戏机的设置，开始玩四代太空飞行模拟器。我依葫芦画瓢，降低"蒲公英"的高度，让它稳在相应的飞行高度，为点火做好准备。

我叫马克斯预备。"可以开始点火了。"

"我不想干。"

"什么？！你和哈桑不是吵着要按吗？"

"那就让哈桑干。我不想回去了。"

"回哪儿？"

他指了指地球。

"你不想回地球？别开玩笑了。怎么会呢？"

"因为这里更好。"

"这里怎么会更好？你可是待在深不可测的太空里。"

他还没来得及回答，哈桑就附和道："这里确实更好。"

就连萨姆森二世也说："这轮模拟居然这么有意思，失重的效果真的很棒。"

"我喜欢在这里玩，"哈桑说，"捉迷藏和剪刀石头布很带劲。还有撒尿的笑话……"

"这里之所以更好是因为这里只有我们，"马克斯说，"没人叫我们学习、赚钱；没人强迫我们赢得比赛，或是摆出笑容。"

"也没人会朝我们开枪。"哈桑说。

"那我爸爸呢？他是大人呀。"佛罗里达老实地说。

"他不像别的大人，"萨姆森二世说，"他非常与众不同，我也不知道为什么。"

我真想把"我也是小孩"的实话告诉他，可我没有，反而做了件爸爸会做的事：没有让他怀疑。

我带着孩子们围着月球绕了一圈又一圈，仿佛那是一座游乐场。

现在，我正独自坐在指令舱里。其他人都去哪儿了？我马上就会告诉你，因为我为大家而感到自豪，哪怕你永远都不会相信我。我知道，就算我们活着回到地球，德拉克斯博士也会矢口否认一切事实，况且我们也在表格上签了字，承诺对整个项目保密。

如果我们在重返地球大气层的路上死去，也只有这段录音能把我们的行动公之于众了，假设残骸里还能找到这部手机。

我很希望爸爸能知道我们干了什么。

这件事就是：其他人下了飞船，他们正在月球上。

逻辑上说……

绕月第三周后，孩子们依然不想回地球。

我说："听着，我们终究是要回去的。"

"为什么？这里有吃的，有好多好多。"哈桑说。

"总吃不了一辈子呀。地球依然是你的家，你必须回去。"我想起了地球上的好吃的、"小星星"剧社和我的父母。

"可我回去了也没有爸爸。"一旁的佛罗里达悄悄说。

我望着众人："总不能一辈子待在这儿。"

说着，我回忆起了艾伦的话，他就是以某种形式在太空里过了一辈子。他对月球的记忆既深刻又鲜活，让他在地球上的经历黯然失色。要是我也能让大家这样过，那就宇宙无敌了。等他们回到地球，不管他们的爸爸怎么吼他们、逼他们，他们也能"返回"太空，怀着最美好的记忆，永远当个孩子。

我让萨姆森二世继续操作四代太空飞行模拟器。从根本上说，"蒲公英"不能用于着陆，它被设计成一直飘浮在太空直至解体。但指令舱的设计支持在沙漠中着陆。德拉克斯博士的健康和安全政策——大规模余量供给——意味着事事成双：制动火箭的引擎有两个，降落伞有两包，燃料的储量也是翻了倍的。唯一没有成双的是防热盾，不过那只是进入地球大气层时的保护装置，登月时用不到，因为月球没有大气层。

"逻辑上说是可能的，"萨姆森二世说，"当然，如果用掉一半燃料，就不会有剩的了，做起来有一定风险。"

他摆出一副很淡定的样子，真以为这只是一场模拟。

我们把手腕游戏机的模拟画面投影到舱壁上，让所有人都能看到指令舱飞往月球，和在月球表面着陆时扬起一片尘埃的景象。

观看这种投影完全能让人相信它是实况。

佛罗里达说："真的行得通吗？那我们开工吧，赶快。"

"这次模拟为期两小时，适用于一个轨道。"萨姆森二世说，"我们要再次和'蒲公英'对接，借此回到地球的运行轨道。"

"还能再次和'蒲公英'对接？"

"嗯，就是把指令舱和'蒲公英'接在一起。既然两者可以分离，那应该可以再次连上。不过……必须有人留下来驾驶'蒲公英'。"

"就跟'阿波罗计划'那会儿差不多。"佛罗里达说。

"是这样假设的。"萨姆森二世说。

佛罗里达说："嗯，那你留下吧，萨姆森二世，因为你觉得外面没任何东西。"

"我很想看看他们能模拟到什么程度。"萨姆森二世说。

我说："我留下吧。趁你们下去的时候，我可以在游戏机上练练怎么对接。等你们回来，我就是天才啦。"

马克斯面露难色。他说："下面得有个大人带队。"

我说："不需要。大人应该留在船上看家，等你们回来。你们下去的都是小孩，自然不希望有大人来搅局。月球表面全是尘埃之类的东西，就像一个巨大的沙坑。"

"这个主意太疯狂了。"哈桑说。

佛罗里达皱起了眉。

我说："你们都走到这儿了呀，经过四十多万公里，不走这最后的一百零九公里，那才疯狂呢。马克斯，现在轮到你按绿按钮了。佛罗里达，你去了就会喜欢的。"

我把孩子们打发到指令舱里，让他们带上头盔和太空饮食，弄得像要去海滩一样。佛罗里达最后一个通过舱门，她关上门的时候我对她说："喂，走之前拿上这些。到时候跟我说说在月球上打水仗是什么滋味。"

我给了她几瓶火箭形状的矿泉水。

孩子们爬进指令舱，关紧舱门，按下绿按钮。我感觉整座"蒲公英"往后一顿，像是撞到了墙，几分钟后才稳定下来。这时我听到了说话声！不会错，是女演员凯拉·奈特莉的声音！"嗨，在诸多目的地之中，感谢您选择乘坐'蒲公英'。"

我差点从航天服里跳出来。

看来，指令舱的分离激活了欢迎系统，舱内开始播放安全提示，舱壁上的等离子显示器播的是奈特莉主演的《加勒比海盗》。

我看了一会儿电影，但其实更想透过舷窗看星星。"蒲公英"来到了月球的暗面，图像变得像素化，然后暂停、消失。

已经绕月五周了。"蒲公英"现处的轨道更低，距离应该更近，而我的感受正相反。

我觉得越来越远。

因为舱内只有我一个人。

别的人——我指的是世界上所有别的人：小孩、大人、老人、父母和德拉克斯博士，中国、美国、非洲、俄罗斯的全部人口，还有正在购物、吃饭、睡觉、出生、死亡的人和图坦卡蒙那样的已经死了几千年的人，通通都在别处。我是唯一待在月球背面的人类。

之前每次绕到这里，我们都一直盯着月球所处的那团漆黑。这一回，我望向了其他地方。那里繁星点点，用言语去描述是徒劳的，就像你无法描述自己正在吐纳的氧分子。它们的数量实在太多了。

地球和月球之间便是太空，月球的背面则是宇宙。我没有被夹在任何事物之间，感觉自己看到了永恒，如此宏大，如此浩瀚。

宇宙中恒星的数量比世界上人口的数量还多。艾伦声称有数十亿，其中数百万颗可能拥有类似地球的宜居行星。自记事以来，我一直觉得自己人高马大，但现在只感受到自己的渺小和微不足道。这些恒星都很庞大，它们的数量那么多，谁会专门关心其中某一颗呢？要是恒星都很渺小，要是它们只是某个庞大物体的原子呢？要是恒星只是像素，而地球却是比像素还要渺小的存在呢？我们会怎样？我又会怎样？就算不是尘埃，我也能感受到自己的渺小。这是我人生中的第一次。

"蒲公英"通体发光，远处的星辰稍微变暗了点，仿佛有人拉上了窗帘。我知道窗帘后面有什么——那是一切的一切，而我什么也不是。还有必要找寻别人吗？人生还有意义吗？我不禁握紧了舵轮，却不知道要往哪个方向转。这有什么区别？谁能听见我的呼救声？

我的手机收到了一条信息："欢迎加入德拉克斯环球网，这是第一个真正意义上的环球网络。"

接着铃声响起。

我接通电话，对方说："利亚姆，你在哪儿，儿子？"是爸爸打来的。

"嗯，我在……爸爸，是你吗？"

"当然是我。你打电话回家以后，我已经给你打了好几天电话。你妈妈非常担心，她觉得你好像很烦恼，还怕老师不让你睡觉。你究竟在哪儿？信号很强啊。"

"我加入了新的网络。"

刚才我还在回望浩瀚的宇宙，但一和爸爸说话气氛就不同了。爸爸的声音是真的，而那些星星……只不过是点缀。

"你还好吧？要是不开心，爸爸过来接你。"

"我很好。就是这里有点远。"

"远不远无所谓，我是你爸爸，想让我来接就说一声。"

我正要回话，但被爸爸抢了先："你看了昨晚的比赛吗？他们的态度真的有问题。零比一输了，一盘散沙。还有，你找到圣克里斯多福像了吗？"

"找到了，谢啦。"

"别忘了带回家。那是我爸爸给的。克里斯多福不再是圣人了，但是无论如何……他都在保佑我。你知道那个故事吧？"

我当然知道。圣克里斯多福是个帮助旅人过河的超级大英雄，有天一个小孩走上来求助，他便把小孩扛到肩膀上，但小孩变得越来越重，差点把他压垮在河里。原来这个小孩是耶稣，所以圣克里斯多福背他过河，就是背全世界过河。这其实是一个关于重力的故事。

"今天早上的湖区肯定很舒服吧。风景好吗？你看到了什么？"

我回答："风景是不错。"我看到了地球。尽管远处的星辰很漂亮，但唯独地球……才是特别的。因为它呈现蔚蓝色。我也不知道为什么，可能是已经厌烦失重的缘故，我想起了重力和它的好处，说它好不仅因为它能让人立在地上——虽然这已经很棒了。我的意思是，虽然我喜欢失重，但那就像住在棉花糖上，但你最终想要的是土豆，失重可给不了。

我们呼吸的大气就受到了重力的吸引。海洋中的海水和天空中的云层，也是由于重力而稳定存在，保证其温度不会在地表达到一百三十摄氏度。现今太阳的状态也是受到了重力的控制。即使重力稍微增加，太阳也会变得更密实、更明亮，但燃烧得也更快，只能存活几百万年，根本无法催生出生命；如果重力稍微减少，太阳会变得十分黯淡，无法为地球提供供养生命的热量。

"你在大路上吗？"爸爸又发话了。

"不算吧。嗯，或多或少还在……"我在脑海中历数自己的地球记忆：爸爸、妈妈、绍斯波特的乐园、61路车……我用拇指遮住屏幕上的地球，但这回没有完全盖住。接着，我看到一个蚊子般的小点移到了拇指上方。

指令舱返回。

爸爸说："我跟你说……你看见酒吧或是旅馆了吗？——等

下，我的话费快没了。给我发信息，我充好钱会用德拉克斯世界导航去找你。行吗？"

他刚说完，电话就断了。这倒正巧，毕竟对接指令舱得分点心思。

直到孩子们回舱，我才把手机放到一边。

这不是模拟

我做到了。我成功地实现了指令舱和"蒲公英"的对接。如果这是四代太空飞行模拟器的一局游戏,我已经得到了一条命的奖励。

孩子们穿过舱门,欢笑着推搡。萨姆森二世说:"你们猜怎么着?你们都错了!"

"什么?"

"这不是模拟,我们真的在太空里!刚才我们还在月球上打水仗呢。"他继续解释,月球上的水仗很复杂。

水依然能喷出来,但落地的路线却是弯的,很像一张曲线图,怪吓人的。这样根本喷不到目标,水柱在中途会变成小小的云朵,如幽灵一般飘荡,过一会儿才消失。

萨姆森二世声称水柱处在太阳直射之下,温度可能会达到一百三十摄氏度,水会直接沸腾。

我猜想着,站在那儿的话一定会感觉很奇怪,体感很舒适,可你心里又清楚,一旦脱掉太空服,自己就会因为体内水分沸腾而死。

但他们并没有沸腾而死。

他们身上有点烟花的味道，那是带进来的月尘与"蒲公英"内的氧气发生反应的结果。他们确实浑身都是尘埃，活像烟囱清扫工。我在食品柜旁边找到了一台连着舱壁的小吸尘器，让孩子们把自己身上的尘埃吸走。

"要是不这么做，别人会知道你干了什么，"我说，"他们可以直接看出来。"

马克斯纳闷这件事为什么要如此保密。"成为第一个登月的小孩，这是一件值得自豪的事吧？"他问。

佛罗里达说："以后谁再去那里总归会发现的。你知道我们干了什么吗？"

"别，别告诉他，"萨姆森二世说，"要给他一个惊喜。"

"哦，也是，差点忘了。"马克斯说，"我们给你带了礼物，是一枚月岩。"

他送了我一颗来自另一个世界的灰色方块石。

除此之外，孩子们还在月球上干了什么？嗯，看在我还是爸爸的分上，就让我从爸爸的角度说一说：

1. 怎么去一个地方：我们来到了空旷的月球表面，没见到什么车辆，只有一场彗星雨。

2. 停车方不方便：一开始完全免费，有数不清的停车位，只需小心岩石和裂谷。我倒纳闷了，这里的停车空间这么充裕，为什么布特尔就没有呢？

3. 以前是什么样：嗯，这里进行过"阿波罗计划"，似乎每隔几周就有人登月。等我们长大了，都能去那儿度假。走着瞧吧。

4.有什么值得思考的地方：我们在月球上漫步，在未曾有人踏足的地方留下足迹，除非有人过来抹掉，否则这些脚印将永远留下，因为这儿没有风。

5.怎么和昨晚的足球赛扯上关系：月球上重力不够，不能踢球，我们就以打水仗代替。月表的环境成了最后赢家。

他们回舱后，我们又绕月一圈。运行到轨道的三分之一处，我们为"蒲公英"的助推器点火，准备回地球。孩子们都冲到船舱的后部，目送越变越小的月球。佛罗里达还问我："爸爸，你这边怎么样？还开心吗？"

"还可以。"

在船舱里刚有手机信号的时候我就接到爸爸打来的电话，看似巧合，其实不是，他已经打了好几天了。正因为他一直在打，那一刻才能接通。这是爸爸的责任。我必须像千千万万的爸爸那样关心孩子。父爱就如重力，存在于群星之间，我也参与其中。

不过，最后救了我们的是佛罗里达对质量的执着。

"根据我的计算，"萨姆森二世说，"现在该启动返回地球大气层的操作了。"

"开玩笑，"我说，"还有好几公里远呢。"

在模拟器上进行进入大气层的操作时，地球就像一堵近在眼前的巨型高墙。但如果此刻往窗外望，没错，你同样能看到它很大，但同时能看到一条曲线。那你就明白了自己还没就位。

"你是说我算错了？这完全不符合逻辑。"

"我是说地球看着还有点远，它的位置有点高。老实讲我不想从这儿往下跳。"

佛罗里达说："萨姆森二世，你计算的时候有没有记得加上'蒲公英'的质量？还是只是以指令舱为基准？"

萨姆森二世紧盯着她，过了一会儿才道歉并重新计算。

我们仍处在高位轨道，只好利用帆板一点一点往下降，去高度更矮、速度更快的轨道。那仿佛是世界上最庞大、轻柔的螺旋滑梯，能看到格陵兰岛、太平洋和俄罗斯北部。

"落地之前，能不能就一直保持这么舒服？"哈桑问。

可惜不行。我们渐渐能看到发亮的大气层了。那是一堵火墙，可不能就这么荡下去。

我们回到了指令舱。

这次大家一起按下了绿按钮。指令舱与"蒲公英"分离，我感到一阵摇晃，仿佛能听到在太空中飘浮的凯拉·奈特莉的声音："在诸多载具之中，感谢您选择……"

我们都知道要按哪个按钮降落，眼下只在等待时机。显示器还是暗的，萨姆森二世正在手腕游戏机上操作四代太空飞行模拟器，我们都看着舱壁上的投影。他按下游戏里的按钮，几秒钟之后，我在船舱里也按下了按钮。

我说了点鼓励大家的话："重新给逃生服充气，保持冷静。我相信我们能行，因为我们宇宙无敌。"

我丢弃了船舱的下半部分，包括那里的舷窗、舱门和所有不能承受大气压力的东西。

我们目前处在盲飞状态，周围没有窗户。我隐约能感觉到自己的一根根骨头。要是出了错，我们会被弹回太空里。现在，重力压迫愈发强烈，力度增加了。我们一定是对的。

我望着爸爸的圣克里斯多福像。它晃来晃去，好像遭遇了地震。我觉得身体越来越重，几乎无法动弹。模拟器在倒数，我听到一个语音说："啊哦，你完了。"

我们有点迷路

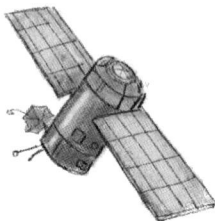

万籁俱寂。周围白茫茫一片，非常寒冷。我仰躺着，想要知道到底发生了什么。我闻到了一股潮热的臭气，还听到了呼吸声，接着才发现身边有一匹狼。

真的是狼？我坐起来。那匹狼朝我吼了一声。更浓的鼻息传了过来。

指令舱的舱门开了，外面冰天雪地，还有狼。它们推推搡搡，想要爬进来。

我们已经回到了地球。

却成了盘中餐。

忽然，什么东西嗖的一声掠过我的脑袋，击中了狼的鼻梁。它一声嗥叫，赶紧后退。

一旁的佛罗里达冲了出来，使劲打了那匹狼，然后把舱门关紧。她大叫道："我都去过月球了，还坐着冰激凌车回来，可不能被狗吃了。"

那条"狗"呜呜直叫，用爪子在舱门上刮擦。我说："那不是狗，是狼。"

佛罗里达听完晕了过去。

圣克里斯多福像碎了一地，原来是被佛罗里达扔出去的。我爸爸大概会发火吧，毕竟他说过，这个塑像一直保佑着他。不骗你，我也以为它在保佑我们。

我背靠舱门坐下来，以免它被打开。这时我发现自己的德拉克斯手机还嵌在多功能显示器里。我冲过去抓起手机，又压紧舱门。这就是我现在的处境：没有人会来找我们，因为德拉克斯博士曾说会否认我们做的一切。不过，眼下有了手机，就不要紧。我可以打给爸爸，让他找人救我们。

我给爸爸拨了电话。

手机响了两次，之后"嘟"的一声来了一条信息，写着："您的手机已无话费。"

我只好坐在原地，自顾自对手机说话。不会有人听到的，就算有人知道我们在这儿，他们又怎么找我们？小小的指令舱就和奔驰斯玛特汽车差不多大，被困在比欧洲还大的西伯利亚冰雪荒原上。

其他人也醒了过来，浑身布满瘀青和血迹。他们很庆幸自己还活着，却没发觉"活着"的状态只是暂时的。

慢着，不能再闲聊了，因为 —— 我的手机响了。

果然是我爸爸打来的。"利亚姆，是我。今天你要回家了吧。"

"爸爸，我们有点迷路了。"

"利亚姆，我都知道。你们没有好好待在湖区，而是搞了什么小动作。快把你的位置告诉我。"

"我不确定。"

"那好吧。那就这么办：找一家酒吧……"

"酒吧？"

"不行，你还太小了。导航上还有什么？图书馆、学校，什么都行。找一个地标，再回我电话，让我知道你们的位置。我应该能用手机查出来，但系统出故障了，上面显示你们在滑铁卢，可你们不在那儿吧？"

"说不准，我们可能在另一个滑铁卢。"

"世上不是只有一个滑铁卢吗？"

"不是的，有好几百个，爸爸。一个在塞拉利昂，一个在布鲁塞尔，一个在巴西……"

"别告诉我你们在非洲。"

"大概不是，我也许在西伯利亚。"

"真有意思，事情就交给我吧，我会理出头绪的。"

说完爸爸就挂了。我瞅瞅别人："到底怎么了？我还以为我们都死了。"

"我们又忘了打开降落伞。"萨姆森二世说，"还好马克斯按了按钮，救了我们。"

马克斯抢着说："不，是佛罗里达干的。"

佛罗里达抢着说："不，是哈桑干的。"

哈桑抢着说："不，是萨姆森二世干的。"

"那也许是大家一起干的。"

我爸爸确实理出了头绪。原来我错怪德拉克斯博士了，她也在找我们。任务之所以保密，是因为她不想让一艘用过的飞船躺在外面。

　　还记得吗？我爸爸的 SIM 卡跟我的完全一样，他把我的位置载入了他的手机。我保存的号码也进了他的通讯录，所以他才能打电话给德拉克斯博士，发送准确的定位。

　　因此，博士几小时后坐飞机过来了，带了毯子、饮料和热的食物，还有更多要填的表格。

　　她对我们非常亲切，接着她说："迪格比先生，你想必有一部手机，请交上来。谁还有相机、日记之类能够证明你们去了哪儿的东西，也都交上来吧。"

特殊的重力

那么，我现在在哪儿呢？嗯，正坐在新海滨购物中心的水景旁边，爸妈则在启兴电器店里升级车载导航。等待期间，我借了爸爸的手机玩贪食蛇。百无聊赖间，我突然发现爸爸的语音日志快满了，然后才意识到，我和他的手机是双子机，我在太空录音时，相同的文件也存进了他在布特尔的卡里。也就是说，我能把所有内容重听一遍了。

让我来告诉你故事的结局。

回到地球，还是正常的重力最舒服。你不会离开地面，也不会感到脑子里塞了炮弹。人们背着包，推着婴儿车和购物车，匆匆走过彼此，来了又去、去了又来，仿佛有一场大型舞会正在上演，人人都记得舞步。忽然间，所有人都涌向了启兴电器店的橱窗，像是被一颗内在重力巨大的彗星给吸引了。我只能看到人们的背部，他们都踮着脚，爸爸们纷纷把孩子扛到肩膀上。我知道他们在做什么，他们正在观看"无限可能"号火箭的发射。这枚火箭将载着史上第一位儿童宇航员升空，并做绕月飞行。宇航员是一个名叫沈健的十三岁女孩，她不仅将成为史上第一个上太空的孩子，根据电视的说法，她还将是自 1972 年以来第一个离开地球轨道的人。大家都想亲眼一睹她的风采。她的面容被刊登在所有的报章以及你能想到的一切东西上：T 恤、午餐盒、鼠标垫……

只有一个人离开人群朝我走来。那是我爸爸，他似乎受到了某种特殊的重力牵引。也许这种重力真的存在吧，也许人人都有自己的特殊重力场，既能让你远行（有时候还能去很远的地方），最后又总是能带你回来。重力是可以变化的，有时让你轻如鸿毛，有时却让你腿如灌铅。有时，只是一个小男孩，却可以比整个宇宙还重。宇宙绵延无际，但你并没有那么渺小。人人都很伟大，人人都能当金刚。

爸爸问我："你不来看吗？"

"再过一会儿吧，现在这样就挺好。"

世人听到了沈健在月球表面的见闻，才记起来自己身在何处。

我此刻站在家中的厨房，准备去上学。我刚把期末报告从那块用作镇纸的灰色岩小方岩底下抽出来，妈妈过来吻了我一下。"你知道吗？"她问，"你肯定变矮了。"

说完她把我赶到"见证成长"标尺旁，量了量我的身高。她说得没错，我确实比滑铁卢中学开学那天矮了 1.2 厘米。

"我怎么一点儿也不惊讶呢？"爸爸问，"长大以后开始变矮，那才是典型的利亚姆吧？小时候身高就有一米八，还留胡子，长大以后却只有一米五了，还有一张娃娃脸。"

广播里开始播放路况更新。爸爸把音量调大以便听清，不料声音戛然而止。播音员带来了一个令人激动的报道，接着开始直播火箭发射。妈妈打开电视，我知道今天不用上学了。这一天，没人会出门。

因为沈健在月球上发现了某样东西。

"她的发现确实改变了一切，"播音员说，"照片显示，那毫无疑问是一个人造物品。然而人人都知道，阿波罗登月计划并没有真正实现。该物品也不可能是俄罗斯或中国的秘密航天任务留下的。它无与伦比，令人费解。它改变了我们的世界观。"

播音员说的其实是一大堆灰色的方岩，一如我家橱柜上放着的那块。所有石头都被码放好，拼出了几个字。周围非常干净，不像是巧合。

佛罗里达打电话给我，确认我也在看电视。"还记得我们要给你惊喜吗？"她问。

我完全忘了还有这一茬，可我现在看清了。有四个大字横贯了月面：

爸爸，你好！

我笑开了花，冲着电话轻轻说了声"你好"。起初我觉得这是她写给我的，但又转念一想，她或许是在向那个已经离开她的爸爸问好。

我爸爸一脸迷惑地打量着我，像是知道我和这件事有关似的。我也对他说了声"你好"，他看起来更加迷惑了。要是他听过我们的经历，可能会认为是我要求孩子们这么写的。不过，这或许是写给所有爸爸的，不仅是我们俩和地球上的爸爸，还有外太空的爸爸，以及这些爸爸的爸爸，超越空间与时间，直达宇宙里的爸爸。

遥望太空，这堆岩石向宇宙传递了来自地球的问候：爸爸，你好！

（全书完）

致　谢

我依稀记得和父母坐在沙发上观看人类首次登月的情景。那时我们真以为世界已经进入了太空时代，等我以后有了孩子，就能一起去太空度假了。当然，太空假期仍未实现，尽管有很多别的好事发生了，但我依然希望有朝一日能上太空。同时，我觉得能在想象里进行太空航行也一定同样有趣。不过，我个人的想象自然无法生成必要的逃逸速度，所以我得找人帮忙：

首先有请艾伦·宾先生——作为史上第四位实现月球漫步的宇航员，也是地球上最富有感染力的人之一，他欣然同意我把他的名字写进故事。我还借用了洛琳·萨斯女士的名字，她为滑铁卢合作项目慷慨解囊，得到了在书中出场的机会。该项目正在塞拉利昂的滑铁卢资助图书馆和学校的建设，详情请点击waterloopartnership.co.uk。此外，我那天赋聪颖的侄子利亚姆·科特雷尔也把名字借给了我。写作期间，安德鲁·史密斯的《月亮之尘》一直陪伴我左右，丹尼·博伊尔把这本书介绍给我，顺便还畅想了一番他自己心目中的太空之旅。还有在科学博物馆工作的道格·米拉德，他无所不知、无所不晓。我的好友萨姆·米拉提供了关于《魔兽世界》的一切信息，塔尔雅·贝克则确保了火箭结构的铆接万无一失。当我在偏心轨道[1]上滚来滚去的时候，莎拉·杜德曼还淡定地待在测控中心里；当我飞向了错误的方向，我夫人丹妮斯有十足的勇气用火力将我打下去。

1　偏心轨道，即带有一定偏心率（又称轨道离心率）的轨道。

扫码收听
400 个儿童故事

宇宙里的爸爸

产品经理 | 龚　琦　　　　装帧设计 | 悠　悠
技术编辑 | 丁占旭　　　　责任印制 | 梁拥军　　　出 品 人 | 于　桐

图书在版编目（CIP）数据

宇宙里的爸爸 / (英) 弗兰克·博伊斯著；(英) 史
蒂文·伦顿绘；徐羚婷译. -- 天津：天津人民出版社，
2019.11（2020.7重印）
书名原文: Cosmic
ISBN 978-7-201-15410-7

Ⅰ.①宇… Ⅱ.①弗…②史…③徐… Ⅲ.①儿童小
说-长篇小说-英国-现代 Ⅳ.①I561.84

中国版本图书馆CIP数据核字(2019)第218553号

Cosmic: It's One Giant Leap for All Boy-kind

First published 2008 by Macmillan Children's Books, an imprint of Pan Macmillan

Text copyright © Frank Cottrell Boyce 2008

Illustrations copyright © Steve Lenton 2015

宇宙里的爸爸
YUZHOU LI DE BABA

出　　版	天津人民出版社
出 版 人	刘　庆
地　　址	天津市和平区西康路35号康岳大厦
邮政编码	300051
邮购电话	022-23332469
网　　址	http://www.tjrmcbs.com
电子信箱	reader@tjrmcbs.com

产品经理	龚　琦
责任编辑	张　璐
特约编辑	钟元楷
装帧设计	悠　悠

制版印刷	河北鹏润印刷有限公司
经　　销	新华书店
发　　行	果麦文化传媒股份有限公司
开　　本	880毫米×1230毫米 1/32
印　　张	8
印　　数	19,001-22,000
字　　数	146千字
版次印次	2019年11月第1版　2020年7月第5次印刷
定　　价	39.8元